Der Weg ist das Ziel ist der Weg – eine Pilgerreise nach und durch Irland

Daniela Noitz

Impressum:
@ 2014, Daniela Noitz
Satzgasse 23, 7202 Bad Sauerbrunn
www.nachtgedanken.at
www.nyx-nachtgedanken.blogspot.co.at

Herstellung und Verlag:
BoD - Books on Demand, Norderstedt
ISBN 9783738607758

INHALTSVERZEICHNIS

1. ZUFALL?	7
2. DER NÄCHSTE MORGEN	10
3. BEIM NAMEN NENNEN	14
4. ES IST GUT, ZEIT ZU HABEN	17
5. DIE EWIGE UNTERWERFUNG	21
6. VON DER KUNST	25
7. MACHT ES SINN?	29
8. WENN ENGERLN REISEN ...	33
9. RAUHE SEE	36
10. ANKUNFT	39
11. VON SCHAFEN UND FUCHSIEN	42
12. VON DER WEITE UND GELBEN TÜCHERN	46
13. TRADITIONEN	49
14. DIE ERSTEN SCHRITTE	53
15. ES IST GUT, ZU SPÜREN	56
16. UND DAS MEER RAUSCHTE	59

17. KOMM ZU MIR — 62

18. DER SCHLÜSSEL PASST NICHT — 65

19. TRAUMHAUS — 68

20. IM REGEN — 72

21. ES BEDARF SO WENIG ... — 75

22. MAHL-ZEIT — 78

23. MIT-EINANDER — 82

24. DIE VIELEN ZUGÄNGE ZUM GLÜCK — 85

25. HOCH HINAUS — 89

26. DAS ERFAHREN IST IMMER DAS GERINGE — 93

27. DAS VERIRRTE SCHAF — 96

28. BIS ZUR OBERSTEN KANTE — 100

29. DIE ANDERE SEITE — 103

30. DER ABSTIEG — 107

31. DAS HAUS AUS MEINEM TRAUM — 110

32. ES KOMMT NICHTS BESSERES NACH — 113

33. DAS FREMDE — 116

34. DER ESEL VON NEBENAN — 120

35. EIN BERG VOLLER ERIKA — 124

36. DER BERG VOR MEINER HAUSTÜRE — 127

37. WO SOZIAL NOCH OFFLINE STATTFINDET — 131

38. EINE INSEL AM ENDE EUROPAS — 134

39. DEM UNTERGANG ÜBERANTWORTET — 138

40. DAS MEERESUNGEHEUER — 142

41. EIN ERSTER ABSCHIED — 146

42. ANDENKEN — 149

43. EIN TREUER BEGLEITER — 152

44. FUCHSIENHECKEN SÄUMTEN IHREN WEG — 155

45. SPRACHBARRIEREN — 158

46. BEINAHE WIE IM MÄRCHEN — 162

47. DERSELBE WEG, EIN NEUES ERLEBEN — 165

48. DER TOD MACHT KEINEN UNTERSCHIED — 168

49. TOD UND NEUBEGINN — 172

50. WO GOTT WOHNT — 175

51. STELL DIR VOR, ES SOLL KRIEG GEBEN ... — 178

52. AUFSTIEG IN DEN NEUEN MORGEN — 182

53. THE BOOK OF KELLS   185

54. VERLOREN GEGANGEN   189

55. EINES KURZEN TAGES REISE IN DIE IRISCHE LITERATUR   192

56. JOYCE IRRFAHRT DES LEOPOLD BLOOM   196

57. EIN BERLINER IN DUBLIN   199

58. VON DER INSEL ZUR INSEL ZUM FESTLAND   202

59. RÜCKKEHR   205

1. Zufall?

Es war nun gut zwei Jahre her, dass ich begann mich für Irland zu interessieren. Mein Zugang war – wie so oft – die Literatur und die Frage warum es so viele Schriftsteller auf die grüne Insel verschlug, einerseits und andererseits, wie ein vergleichsweise kleines Land so viele Literaturnobelpreisträger hervorbringen konnte. Natürlich wäre es möglich die Begründung an den besonderen Umständen, an sozialen, geschichtlichen oder religiösen Besonderheiten festzumachen, doch ich bin mir auch sicher, dass das Land einen Menschen gerade in seinem kreativen Schaffen beeinflusst. Also sah ich mir Bilder an, viele, viele Bilder, las Reiseberichte und Bölls „Irisches Tagebuch". Umso mehr ich las, umso mehr ich sah, desto mehr wusste ich, ich muss mir das ansehen. Immer öfter kreisten meine Gedanken um das erstrebte Ziel, bis mir eine Zeitschrift in die Hände fiel, eine Zeitschrift mit dem Titel „Welt der Frau".

Im ersten Moment dachte ich, nicht schon wieder eine dieser Zeitschriften, die sich mit sogenannten Frauenthemen beschäftigen, oder zumindest vorgeben es zu tun, denn wenn man nach Woman, Madonna und ähnlich schwachsinnigen Machwerken der Medienindustrie geht, dann dreht sich das Leben der Frau um nichts weiter als um Kosmetik, Schönheit, Mode, High-Society und Abnehmen, doch bereits die ersten Seiten überzeugten mich, dass es sich um eine Zeitschrift handelte, die viele interessante Themen abhandelte, konstruktiv und dennoch einfühlsam, eine Zeitschrift mit Niveau, die sich zwar mit dem wahren, weiten Spektrum des Lebens von Frauen auseinandersetzt, aber sicher nicht nur für Frauen interessant ist. Und so verfolgte ich von nun an jede einzelne Ausgabe, las sie tatsächlich von vorne bis hinten, weil es kaum etwas darin zu lesen gibt, was nicht wert wäre gelesen zu werden.

So stieß ich eines Tages auf ein Inserat für eine Pilgerreise nach Irland, aufgegeben von Weltanschauen, einem kleinen, aber sehr interessanten österreichischen Reiseveranstalter. Die Reisen, die hier angeboten werden zielen nicht auf seichtes Entertainment, nach dem Motto „Ich will so weit weg wie möglich, um meine Nachbarn zu beeindrucken, aber mein Schnitzel soll es trotzdem geben und um Gottes willen keine Einheimischen."

Ganz im Gegenteil, diese Reisen waren bewusst so gestaltet, dass man einen offenen, unverstellten und unverzerrten Blick auf Menschen und Land gewinnen konnte, wo es möglich war auch hinter die Kulissen und die Klischees von Hochglanzprospekten zu blicken. Offenheit und das Zugehen auf Andere wird hier möglich und gelebt.

Ich wusste mit einem Mal, dass mir das nicht umsonst so in die Hände gefallen war, sondern dass ich diese Gelegenheit aufgreifen musste, so wie sie sich mir präsentierte.

War es Zufall gewesen? Oder Schicksal? Wie auch immer man es bezeichnen will, es sollte offenbar so sein, dass ich darauf stieß, also auch, dass ich die Gelegenheit wahrnahm und an dieser Reise teilnahm. Doch konnte ich es wirklich wagen, mich einfach so davon zu stehlen, aus der Verantwortung für meine Kinder, meine Hunde? Es gehörte alles erst geklärt, und es ließ sich klären, so dass ich mich anmelden konnte. Sechs Monate vor dem Abreisetermin.

Ab und an stiegen wohl noch Zweifel in mir auf ob ich es wirklich wagen sollte, doch ich war angemeldet. Jetzt gab es kein Zurück mehr. Also ließ ich die Zweifel Zweifel sein und entschied mich dafür mich zu darauf zu freuen. Es war auch nicht schwer, denn eigentlich war ich überzeugt davon, es sollte so sein, es hatte sich gefügt, einfach so. Ich hatte nichts weiter zu tun, als die Welt um mich wahrzunehmen, so wie sie sich mir zeigen wollte.

Und ist es denn nicht immer so? Mit offenen Augen und offenen Gedanken sich dem sich Zeigen Wollenden zuzuwenden?

2. Der nächste Morgen

Unaufhaltsam rückte der Tag der Abreise näher. Der Sommer war schon beinahe vorüber. Während ich letzte Besorgungen machte, einpackte, abwog ob ich dies oder jenes wirklich mitbrauchte, denn schließlich würde ich alles selber tragen müssen, kam mir der Gedanke ob es wirklich gut wäre einen Traum zu verwirklichen, den ich allzu lange gehegt hatte, ob da eine Enttäuschung nicht vorprogrammiert ist.

Es ist, wie wenn man eine Person lange heimlich verehrt. Man träumt von ihr und durch diese Träume wächst sie. Man schmückt Erlebtes aus und traut dieser Person plötzlich Dinge zu, die kaum möglich sind, und dann, wenn sich diese langgehegte Sehnsucht plötzlich erfüllt, ist man enttäuscht, weil man feststellen muss, dass es sich letztendlich doch um einen ganz normalen Menschen handelt.

„Du bist mir seit Monaten, ja Jahren nicht aus dem Kopf gegangen, und jetzt, jetzt bist Du ganz anders, als ich es mir vorgestellt habe. Du bist eine Enttäuschung", muss man dann eigentlich sagen, was man höchstwahrscheinlich nicht tut, bloß denkt. Damit hat man auf einen Schlag zweierlei verloren, den Traum und die Person.

Es gibt nur zwei Möglichkeiten dem zu entkommen. Sich entweder strikt an die Wirklichkeit halten und nur das zuzulassen, was wirklich erlebt wurde oder im Zustand der Sehnsucht verbleiben und den Traum behalten, ohne diesem je Erfüllung anzutun.

So hatte ich die Befürchtung, dass ich feststellen musste, letztendlich, dass Irland zwar schön, aber ansonsten ein ganz normales Land wäre. Damit hätte ich diesen Traum verloren, für immer und ich müsste mir zwangsläufig einen neuen suchen. War es also ein Fehler gewesen, dass ich mich auf dieses Rendezvous einlassen wollte? Vielleicht war der Verführer an mich herangetreten, als mir das Inserat unterkam? Aber es war zu spät, ich musste es darauf ankommen lassen. Doch das normale Leben ging weiter, so dass ich mich mit solchen Gedanken nicht weiters belastete.

Und dann war es soweit, der Tag der Abreise war gekommen. Kurz nach 5 Uhr morgens traf ich am Wiener Westbahnhof ein. Es war also noch genug Zeit mir einen Kaffee zu holen und in Ruhe eine zu rauchen. Jetzt würde ich lange darauf verzichten müssen. Was ich mir dachte? Gegenfrage: Wer verlangt von mir, dass ich denke, um die Zeit? Nein, ich dachte mir nicht viel, so sehr war ich damit beschäftigt meine Augen offen zu halten und den richtigen Bahnsteig zu finden. Abgesehen davon, auch wenn ich mal gerade nicht zu tiefsinnigen Gedanken fähig bin, habe ich es mir doch zur Gewohnheit werden lassen, Dinge, die ich nicht beeinflussen kann, geschehen zu lassen und mal – nur als Arbeitshypothese – davon auszugehen, dass es sich in eine positive Richtung entwickeln wird.

Diese Arbeitshypothese kann ich übrigens jedem empfehlen, wobei es sich wirklich um eine Empfehlung handelt, nicht um einen Rat-Schlag. Manche fühlen sich einfach wohler, wenn sie – wiederum als Arbeitshypothese – das Schlimmste erwarten und dann regelmäßig positiv überrascht werden.

Jedem sein Zugang zur Welt und zum Kommenden. Meiner ist auf jeden Fall der positive, selbst um halb sechs in der Früh, was ja nun ganz und gar nicht meine Zeit ist. Und während ich meinen Kaffee schlürfte und den bösen, sehr, sehr bösen Zigarettenrauch inhalierte, entdeckte ich jemand mit einem Rucksack, der dem meinem sehr ähnlich war, zumindest an Umfang und Gewichtung. Ich heftete mich sofort an die Fersen der Rucksackträgerin. Meine Annahme, dass sie mit zur Reisegesellschaft gehörte, stellte sich als richtig heraus.

Hände wurden geschüttelt, Namen genannt. Ich versuchte mich darauf zu konzentrieren, so weit das mit der Konzentration um diese Zeit überhaupt möglich ist. Und dann fuhr der Zug los. Kein Dampf, mangels Dampfmaschine, sondern nur ein leises Ruckeln zeigte an, dass sich der Zug in Bewegung setzte.

3. Beim Namen nennen

Insgesamt waren es dreißig Menschen, die sich an diesem Morgen auf den Weg machten, sich gemeinsam auf eine Reise begaben, dreißig mir unbekannte Menschen. Also eigentlich nur 29 Unbekannte, denn mich selbst kannte ich doch, was nicht zwangsläufig bedeutet, dass ich mich selbst auch immer verstehe oder gar mit mir verstehe, was auch nicht unbedingt leicht ist, wenn man gezwungen ist eigentlich Tag und Nacht miteinander auszukommen. Nicht, dass ich etwas gegen mich hätte, aber das ist auch eine andere Geschichte und ich musste mich konzentrieren.

Hände wurden geschüttelt, Namen genannt. Alles folgte dem konventionellen Muster. Man reicht sich die Hand, nennt wechselseitig die Namen, und lässt die Hand wieder los. Es darf nicht zu lange und nicht zu kurz sein. Es ist gut so. Es fühlt sich richtig an, und doch war es einfach zu kurz sich all die Namen zu merken. Wahrscheinlich, so sagte ich mir, würde ich die Namen während der nächsten Tage noch öfter hören, so dass ich weitere Chancen bekam sie mir einzuprägen. Ich müsste einfach immer nur gut zuhören. Mit den Namen ist das überhaupt so eine Sache.

Es gibt bestimmte Namen, mit denen man von vornherein ein Gesicht oder vielleicht nur eine kurze oder längere Begegnung verbindet. Namen, die quasi im Denken bereits besetzt sind mit einer Vorerfahrung, und es bedeutet da mal wieder Platz schaffen zu müssen. Dann gibt es Namen, die man einfach mag, einfach so, ohne so recht sagen zu können warum. Ich habe manchmal den Eindruck, dass ich Namen mag, weil sie für sich einmal klingen oder weil die Person dazu passt, intuitiv. Ja, sage ich mir dann, da kann es gar keinen Zweifel geben, die Person gehört zu diesem Namen, oder umgekehrt. Dann gibt es Namen, die sich ein wenig sperren im eigenen Empfinden, die erst durch eine Person zum Klingen gebracht werden und sich erst nach einer Weile fügen. Und zuletzt gibt es Namen, die man vielleicht mit einer unangenehmen Vorerfahrung verknüpft. Wenn sie aber jetzt mit einer positiven Erfahrung überlagert wird, dann bekommt auch der Name eine eigene Bedeutung.

Nicht der Name an sich hat Bedeutung, sondern die Erfahrungen, die wir damit verknüpfen, die Menschen, an die wir denken können, wenn wir einen bestimmten Namen hören. Das macht den Namen einzigartig. Auch wenn es den Namen noch so oft gibt, so kann doch die individuelle Persönlichkeit diesen herausheben aus allen anderen.

Es ist der Name, der es mir ermöglicht Dich anzusprechen, Dir zu versichern, dass ich Dich meine und niemand anderen. Dich meinend spreche ich Dich mit Deinen Namen an. Dich meinend setze ich mich mit Dir auseinander, so wie Du mit mir.

Der Moment, in dem ich das begriffen hatte, war auch der Moment, in dem ich mich mit meinem eigenen Namen aussöhnte, der Moment, in dem er für mich zu klingen begann. Seitdem höre ich ihn gerne, weil ich gemeint bin und niemand sonst.

So setzte man sich zusammen, 29 Menschen um mich, die für mich gerade eben noch Unbekannte waren und die ich nun mit Namen ansprechen konnte. Sie waren wohl immer noch Unbekannte, weil ich außer dem Namen nichts wusste, und doch war es der Anfang eines Gesprächs, das nur möglich ist, wenn es mit einer Ansprache beginnt.

 So werden wir ins Leben gerufen, weil Gott selbst uns Du nennt, so werden wir in die Welt gesetzt, indem uns unsere Eltern einen Namen geben, um uns ansprechen zu können. So beginnen wir ins Miteinander zu wachsen, indem wir uns auf Begegnung einlassen, in der wir zunächst nichts weiter preisgeben als unseren Namen, um dem anderen die Möglichkeit zu geben uns anzusprechen, mir die Möglichkeit gegeben wird den anderen anzusprechen.

Das ist der erste Schritt und die erste Tag des InBegegnung-Tretens, wobei dieser erste Schritt oftmals der zu einer Reise ist.

So traten wir diese Reise an, mit diesem ersten Schritt.

4. Es ist gut, Zeit zu haben

Der Zug erreichte Stuttgart, und damit unser erstes Zwischenziel. Mittlerweile hatten wir die Möglichkeit uns über die erste Ansprache hinaus, mehr zu erzählen. Mehr voneinander zu erfahren, erfahren zu wollen, trägt mehrere Aspekte in sich.

Der Mensch, den man kennenlernt, von dem man nichts weiß als den Namen, mit dem man ihn ansprechen kann, steht sozusagen im luftleeren Raum. Da gibt es noch keine Anknüpfungspunkte, keine Möglichkeit zu verstehen. Woher kommst Du? Was machst Du? Wer bist Du? All das sind Fragen, die wir uns stellen, und umso weiter wir sie beantwortet bekommen, desto genauer ist das Bild, das wir uns zu machen vermögen.

Natürlich gibt es immer wieder Menschen, die ein oder zwei Stichworte hören, die ihnen genügen um das Bild zu vervollständigen, genügen, um den anderen in eine Schublade zu stecken. Doch wenn ich dieses Aufeinander-zu ernst nehme, so lasse ich mir den Hintergrund, das Eingebettet-sein des spezifischen Menschen von ihm selbst erzählen, lasse ich ihn selbst zu.

Nehmen wir an, dieser bestimmte Mensch lebt in der Stadt, so können wir nun diesen betreffenden Menschen nehmen und ihn mit all den anderen, die wir aus der Stadt kennen in einen Topf werfen, denn diese sind alle gleich. Es sei nur nebenbei bemerkt, wenn man bestimmte Aspekte mit bestimmten anderen verknüpft sieht, so wird man auch nur diese sehen, weil man von vornherein alle anderen Aspekte, die nicht in ein vorgefasstes, geschlossenes Menschenbild passen, ausblendet. So behaupten wir mal beispielsweise, dass Städter laut sind. Dann werden wir auch nur Städter kennenlernen, die laut sind. Die anderen werden wir gar nicht sehen. Das nennt man übrigens ein Vorurteil.

Es hat schon so seine Vorteile, solch ein geschlossenes, in sich abgekapseltes Weltbild. Es vereinfacht so vieles, aber es nimmt einem die Chance die Menschen als solche kennenzulernen, was dazu führen muss unsere eigene Meinung auch ab und an zu revidieren. So versuche ich solche Verbindungen erst gar nicht aufkommen zu lassen, was gar nicht so leicht ist, so sehr wird es uns immer wieder eingebläut und vorgekaut, und dennoch, wenn es gelingt diese Verknüpfungen wegzulassen, wenn wir uns den Menschen als sich selbst erzählen lassen, dann entsteht etwas Neues, etwas, das wir bisher noch nicht kannten, entsteht Erweiterung und Erfahrung.

Und zu den Namen trat ein Bild und zu dem Bild eine Geschichte, zuerst nur skizzenhaft, doch mit jedem Gespräch kamen weitere Striche hinzu.

Es ist gut, Zeit zu haben. Es ist gut, sich Zeit zu nehmen. Zeit zu reisen. In ein anderes Land. Die Landschaft noch zu sehen, auch wenn sie im TGV rasch vorüberzieht.

Zeit zum Miteinander. Nicht in einem kurzen Wortwechsel nebenbei abzutun, sondern sich einzulassen, zu sehen, zu hören, zu erleben.
Es ist gut, Zeit zu haben. Es ist gut, sich Zeit zu nehmen um sich kennenzulernen. Es lässt sich nicht zwingen, nicht in vorgefasste Strukturen packen. Es lässt sich weder das Aufeinander-zu noch das Verstehen erzwingen. Es ist ein Geschehen-lassen, ein Zu-lassen, das geschehen kann oder auch nicht. Hier geschah es, das Tempo, das der Einzelne brauchte akzeptierend. Mancher ist forscher, redseliger. Andere müssen sich erst einfinden in die Situation, sind zunächst eher Hörende als Sprechende. Erst wenn sie sich aufgehoben fühlen, dann kann es gelingen.

Es ist gut, Zeit zu haben. Es ist gut, sich Zeit zu nehmen um jedem sein Tempo zuzugestehen, denn das bedeutet letztendlich Respekt. Dich in Deiner Eigenart anzunehmen, vorurteilsfrei, Bereitschaft sein ohne zu erdrücken.

Es ist gut, Zeit zu haben. Es ist gut, sich Zeit zu nehmen.

Und so kamen wir an diesem Nachmittag in Paris an. Bereits am Bahnhof wurden wir von unserer Führerin im Empfang genommen und ins Hotel gebracht. Hier würden wir die erste Nacht verbringen. Noch heute morgen war ich in Wien, und jetzt schon in Paris. Eine Reise, die fast einen ganzen Tag gedauert hatte. Es ist gut, Zeit zu haben. Es ist gut, sich Zeit zu nehmen.

5. Die ewige Unterwerfung

Ich hatte mein Zimmer bezogen, ein kleines, behagliches Zimmer in einem Hotel mitten in Paris, mit einem malerischen Ausblick auf einen Innenhof. Hier würde ich doch gut schlafen, dachte ich, doch noch galt es den Weg fortzusetzen, und der hieß in dem Fall eine kleine Führung durch Paris.

Wir gingen zu Fuß. Es tat gut die Stadt zu ergehen. Nein, nicht langsam, denn dazu wollte uns unsere Führerin zu viel zeigen. Ganz in der Nähe unseres Hotel war eine Skulptur, bestehend aus vielen Uhren. Jede einzelne dieser Uhren zeigte eine andere Zeit an.

Es war das erste was mir auffiel, und es war sicher nicht von ungefähr, dass diese sich in der Nähe unseres Hotels befand oder unser Hotel in der Nähe der Skulptur, wie man will. Ich betrachtete sie kurz.

Zeit, symbolisch dargestellt mittels der Uhr. Zeit, ein Phänomen, das unser ganzes Leben strukturiert und begleitet, das uns begrenzt und einzwängt.

Beobachtet Euch mal selbst, wie oft seht ihr an einem Tag auf die Uhr? Wird wohl nicht viel fehlen auf hundert Mal. Entweder schauen wir auf die Uhr, weil wir einen Termin vor uns haben oder weil wir uns beeilen müssen oder auch weil die Zeit mal wieder nicht vergehen zu wollen scheint. Aber immer sind wir abhängig von der Zeit, wann wir aufstehen, wann wir essen, wann wir etwas Bestimmtes machen, wann wir schlafen gehen.

Wir stehen auf, obwohl wir noch müde sind. Warum? Weil es Zeit ist.

Wir essen, obwohl wir nicht hungrig sind. Warum? Weil es Zeit ist.

Wir erledigen Dinge, die wir eben zu dem Zeitpunkt meinen erledigen zu müssen, auch wenn die Witterung oder die Gegebenheiten etwas anderes präferieren lassen sollten. Warum? Weil es Zeit ist.

Wir gehen schlafen, obwohl wir nicht müde sind. Warum? Weil es Zeit ist.

Aber wir finden offenbar nicht mehr die Zeit vor die Haustüre zu gehen und zum Nachbarn Hallo zu sagen. Warum nicht? Weil der Nachbar auch keine Zeit hat.

Wir finden nicht mehr die Zeit hinaus zu gehen und durch das herbstliche Laub zu gehen. Warum nicht? Weil keine Zeit dafür vorgesehen ist.

Wir finden keine Zeit zuzuhören, auch wenn den Partner oder das Kind oder die beste Freundin gerade etwas bedrückt. Warum nicht? Weil keine Zeit dafür vorgesehen ist.

Wir finden keine Zeit mehr uns anzusehen, und zu denken, gut, dass es Dich gibt, vom sagen ganz zu schweigen. Warum nicht? Weil keine Zeit dafür vorgesehen ist.

Aber wir finden Zeit uns zu wundern, wenn wir über Essstörungen oder Süchte oder Suizide hören oder lesen. Dann fragen wir uns, wie so etwas denn passieren kann. Ja, wie kann es nur sein? Die Antwort überlasse ich jetzt Eurer Phantasie, falls gerade Zeit dafür ist.

Wir essen ohne Hunger. Und wissen nicht mehr was eine Mahlzeit ist, ein Stück Brot oder ein Schluck Wasser, das auch gut sein kann fürs Herz, wie uns der Kleine Prinz lehrt.

Wir schlafen ohne Müdigkeit. Und wissen nichts mehr über die erquickende Erholung ohne flimmernde Fernsehkiste, vom Träumen und sein-lassen.

Wir kommunizieren auf diversen sozialen Plattformen ohne etwas zu sagen zu haben. Und wissen nichts mehr über einen personalen Austausch im Dialog.

Wir leben ohne Notwendigkeit. Und wissen nichts mehr über unsere Ziele, Hoffnungen, Träume, wissen nichts mehr vom Sinn.

Sie funktioniert tadellos, die ewige Unterwerfung unter die Zeit, die uns doch erst so kurz begleitet. Eigentlich erst seit der Industrialisierung. Letztendlich haben wir die Taktung des Fließbandes im Kopf.

Viele Uhren, die alle eine andere Zeit anzeigen. Viele Uhren, die uns sagen, dass es auch so etwa wie eine innere Uhr gibt, die uns unseren eigenen Rhythmus lehren könnte, wenn wir es zuließen, ab und zu, aber natürlich nur, wenn Zeit dafür ist.

Und der Gang durch Paris, der brachte viel Neues, Eindrücke und Informationen, und ich muss gestehen, ich habe mir wohl das Wenigste gemerkt, doch ich habe die Stadt gehend erlebt, einen kleinen Teil, aber den Weg fände ich wieder, da er erlebt war.

6. Von der Kunst

Die letzte Sehenswürdigkeit, derer wir an diesem späten Nachmittag oder frühen Abend – je nach Auslegung – in Paris ansichtig wurden, war der Eiffelturm.

Dann kehrten wir ins Café Malakoff ein. Bei der Schreibung bin ich mir jetzt nicht ganz sicher, da ich bei meinen Recherchen über die verschiedensten Schreibweisen stolperte, doch von Vorne.

Wir kehrten also ein um das Souper einzunehmen. Der Duden behauptet, bei Souper handelt es sich um ein festliches Abendessen mit Gästen, aber ihr könnt mir glauben, wenn man den ganzen Tag so gut wie nichts zu essen bekommen hat, dann ist ein banales Abendessen plötzlich ein Souper – was jetzt nicht die Qualität dieser Speisen mindern soll, doch es gilt, Hunger ist der beste Koch.

So war es nicht durch die Umstände festlich, aber doch durch das Miteinander, denn wir soupierten gemeinsam, um mich nochmals einen diesem wunderschönen Wort zu erfreuen. Erst als der gröbste Hunger gestillt war, und das war nicht so leicht, nachdem er wirklich sehr groß war. Auch wenn es mir erst wirklich bewusst wurde, als ich einen leeren Teller vor mir sah, doch das blieb es nicht lange, denn die Franzosen haben die liebenswerte Eigenschaft gleich zu Beginn Brot,

Butter und Wasser zu kredenzen. Ich stillte also meinen Hunger und begann dann über den Namen des Cafés nachzudenken, Malakof.

Also ich persönlich kenne ja nur die Torte. Offenbar hatte ich Muse und machte mich schlau darüber woher der Name kam oder wer oder was der Torte den Namen verliehen hatte, und möglicherweise auch dem Café. Im Zuge dieser Recherchen stieß ich auf einen gewissen Aimable Pélissier, seines Zeichens Marschall in der Armee Napoleons, der nach der erfolgreichen Erstürmung der russischen Festung Malakow im Jahre 1855 den Beinamen Duc de Malakoff von Napoleon verliehen bekam, doch das war nicht alles.

Außerdem wurde offenbar ein Konditor angewiesen eine neue Torte zu kreieren, die kurzerhand nach eben jenem Herren benannt wurde und uns heute immer noch unter dem Namen Malakofftorte bekannt ist. Abgesehen davon, dass eben jene Torte eine der leckersten Sünden wider die gesunde Ernährung, einen Traum aus Margarinecreme, Zucker und Biskotten, ist es für mich faszinierend, dass man einfach so eine neue Torte oder irgendeine andere Speise erfinden kann.

Ich muss gestehen, ich bin keine gute Köchin. Vielleicht hängt das auch ein wenig vom Wollen ab, weil ich es auch nicht gerne tue, aber selbst wenn das Wollen da ist, so heißt das noch lange nicht, dass die Speise auch gelingt, trotz aller notwendigen

Utensilien, angefangen bei einem erprobten Rezept. Und ganz ehrlich, wie viele von uns schaffen es Salzburger Nockerl zu fabrizieren, die auch als solche erkennbar sind?

Für mich ist das Kochen, Backen und alles andere eine Kunst, vor allem dann, wenn es sich um Neukreationen handelt. Deshalb sei hier mein Respekt einer Kunst gegenüber ausgedrückt, dessen Geheimnisse mir wohl für immer verborgen bleiben werden. Und ich spreche hier keineswegs nur von der Haute Cuisine, sondern auch und vor allem von der, oft so von oben herab behandelten, sogenannten Hausmannskost, von all den kulinarischen Köstlichkeiten, die sich regional finden und deren Rezepte von Generation zu Generation vererbt werden, so dass ich in einem fremden Land versuche die einheimische, regionale Küche zu probieren, und es hat sich bis jetzt noch immer bezahlt gemacht. Doch dazu muss man es wagen bis zu den ansässigen Menschen durchzudringen, was in manchen Tourismusgebieten gar nicht so einfach zu bewerkstelligen ist, aber es ist immer wieder ein Erlebnis.

Da geschieht das, was eigentlich selbstverständlich sein sollte, nämlich das zu verarbeiten und zu genießen, was in der Region wächst, ohne lange Transportwege, ohne Umweltzerstörung. Auch das gehört dazu, will ich mich auf was Unbekanntes einlassen, die Menschen, das Land und die

Gepflogenheiten, denn wenn es so sein soll wie zu Hause, dann brauche ich nicht wegzufahren.
Und zum Abschluss dieses Tages erhaschten wir noch einen Blick auf den kitschig-schön glitzernden Eifelturm.

7. Macht es Sinn?

Ich hatte mich nicht getäuscht und eine ruhige, angenehme Nacht verbracht. Noch einmal kamen wir an der Uhrenskulptur vorüber, und ich dachte mir, dort oben, die linke, das ist meine Zeit, und die daneben ist Deine usw. und so gestehe ich mir und allen anderen ihren eigenen Rhythmus zu, aber keine Sorge, wenn wir zusammen finden wollen, dann finden wir auch zusammen, auch wenn unser Rhythmus verschieden ist und unser Herz nicht im selben Takt schlägt.

So bin ich – wie bereits angedeutet - durchaus kein Morgenmensch, ganz im Gegenteil, es fällt mir oft sehr schwer in der Früh aus dem Bett zu finden, doch mittlerweile habe ich eines begriffen, für mich zumindest, dass es nicht darauf ankommt ob ich ein Morgen- oder ein Abendmensch bin, Nachtigall oder Lerche, wie man sie auch gerne bezeichnet, sondern von dem, was ich für mich für diesen Tag erwarte.

Habe ich die Aussicht auf einen neuen Tag, der mir das ewig gleiche bietet, wie an jedem anderen zuvor, das ich allerdings zum Großteil nicht gerne mache oder gar etwas Unangenehmen? Fühle ich mich an diesen wie an vielen anderen Tagen fremdgesteuert und unglücklich, dann fällt mir auch das Aufstehen schwer, doch wenn es Tage sind, wie diese kommenden, an denen ich unvorhergesehenes Erleben darf, Neues sehen und jeder Tag einfach spannend ist, dann fällt mir auch das Aufstehen leicht. Natürlich ist es auch eine Ausnahmesituation, da nichts von mir gefordert wird als da zu sein, mit all meinen Sinnen, mit all meiner Aufmerksamkeit. Doch es ist auch im sogenannten normalen Leben so, wenn etwas bevorsteht was Freude bereitet, eine Aufgabe, die Spaß macht. Kurz gesagt, wenn es Sinn macht aufzustehen. Wieviele dieser Tage habt ihr im letzten Jahr erlebt?

Depressionen, Burn-out, Süchte, all das nimmt erschreckend zu, in einer Welt, die alles hat, nur darüber den Sinn verloren gibt, weil nur von Wert ist was Wert hat. Ein glücklicher Moment, ein Lächeln, der Schlag eines Schmetterlings – alles wertlos, weil ich damit nicht das I-Phone 6 bezahlen kann.

„Arbeiten Sie auch 16 Stunden am Tag? Nutzen Sie all Ihre Kapazitäten?", fragte mich dereinst ein Professor, um zu erfahren ob ich ein Anrecht darauf bzw. die rechte Einstellung dafür hätte ihn als meinen Magistervater titulieren zu dürfen. Still habe ich das Büro verlassen, ließ ihn sitzen, so wie er saß, am Schreibtisch, breitbeinig, raumfüllend. Nicht, weil mir die Arbeit Sorgen gemacht hätte, aber ich gehöre nun mal zu den Menschen, die damals mit Kolleginnen ab und zu einen Kaffee trank und mit ihnen tratschte.

Wertlose Zeit, da sie keinen Wert erbringt. Mein Kopfschütteln war damals unreflektiert. Heute hätte ich ihn bedauert, denn wenn er sein Konzept durchzieht, Zeit nur mit Dingen verbringt, die für ihn Nutzen bedeuten und sich von selbst in klingende Münze verwandeln, dann, ja dann tut er mir wirklich leid.

Natürlich habe ich mittlerweile Max Webers „Protestantische Ethik" gelesen und weiß, dass Zeit in unserem nachindustriellen Jahrhundert nur dann Wert hat, wenn ich sie in Dinge investiere, die mir Geld einbringen, und eben jenes sollte dann gehortet werden.

Doch was, Herr Professor, was wird aus Ihnen, wenn Sie krank werden oder gar durch eine Behinderung körperlich eingeschränkt?

Dann wäre die logische Konsequenz sich umzubringen, denn Sie werden nicht mehr in der Lage sein Ihre Zeit monetär vergelten zu lassen. Sie werden es nie erleben wie schön es ist miteinander zu kochen und das Essen gemeinsam zu genießen, am Spielplatz zu gehen und den Kindern beim Spielen zuzusehen, niemals die Natur als solche zu sehen, ohne den Holzpreis im Hinterkopf zu haben.

Und ich sah ein Bild des Kleinen Prinzen. „Die großen Leute verstehen nie etwas von selbst, und für die Kinder ist es zu anstrengend, ihnen immer und immer wieder erklären zu müssen.", steht da, in jenem legendären Buch von Antoine de Saint-

Exupéry, dem viel zu früh verstorbenen Abenteurer und Flieger.

Und so versuchte ich mein Erwachsenendenken zurück zu lassen und die Normandie, die wir mit dem Zug durchfuhren mit den Augen des Kindes, offen und neugierig, zu sehen.

Am Nachmittag erreichten wir Cherbourg und machten uns auf den Weg zur Fähre, die uns weg vom Festland und zu unserem Reiseziel bringen würde.

8. Wenn Engerln reisen ...

„Wenn Engerln reisen ...", spricht der Volksmund. Was dann ist, ja das sagt er allerdings nicht dazu, doch es wird aus dem Kontext verständlich. Wenn also davon berichtet wird wie eine Reise verlaufen ist, dass das Wetter gut war und alle anderen Umstände ebenfalls zufriedenstellend, dann folgt dieser Satz. Es bedeutet also, dass sogar das Wetter hold ist, „wenn Engerln reisen."

Nicht nur der Diminutiv, auch diese Zuversicht an sich mag auf so Manchen blauäugig, wenn nicht infantil wirken, aber jetzt, da unser zweiter Reisetag sich seinem Ende zuneigte, da ging mir der Satz immer öfter durch den Kopf, denn bis jetzt war es so gewesen, dass es schön war, wenn nicht gar sonnig, so lange wir uns im Freien aufhielten und es ausschließlich dann regnete, wenn wir uns innerhalb eines Gebäudes oder eines Transportmittels aufhielten. Es war, als wenn sich das Wetter nach unserem Reiseplan richten würde.

„Wenn Engerln reisen ...", bekam aber durch eine Begebenheit, die wir selbst herbeiführten, noch weiteres Gewicht. Wir verließen den Zug, das erste Stück Weges mit dem Rucksack aufgeladen, antretend, die zwei Kilometer, die uns trennten vom Hafen, von dem unsere Fähre ablegen sollte. Die Sonne schien und das Meer lag klar und glatt vor uns. Rund um den Hafen war ein hoher Zaun. Wir suchten uns zu orientieren, und fanden auch tatsächlich einen Zugang. Rechts von uns, hinter niedrigen Hecken befand sich ein Gebäude und geradeaus war die Zufahrt für die Autos, die mit der Fähre mitgenommen werden sollten, inklusive den Insassen selbstverständlich.

Nachdem auf den ersten Blick kein Weg auszumachen war, der zu dem Gebäude führte und das wir für das hielten was es auch tatsächlich war, die Abfertigungshalle für Fährenmitfahrende ohne Auto, folgten wir den Autos. Diese mussten an zwei Schranken halten um kontrolliert zu werden. Ohne dass jemand von uns Notiz nahm durchschritten wir den ersten Schranken, der gerade zufällig offen stand und gingen zielstrebig dem zweiten entgegen. Es handelte sich um einen großen, freien Platz, der zu diesem Zeitpunkt wenig frequentiert war. Wir blieben zuversichtlich, die Fähre im Blick und das Meer ebenso. Was sollte also passieren?

Endlich hielt ein Wagen neben uns. Zwei Herren saßen darin. Aufgeregt sprang einer der beiden heraus, doch seine Nervosität übertrug sich wenig bis gar nicht auf uns, denn er sprach französisch, und die Übersetzungsarbeit lässt jegliche Ungeduld versiegen. Es stellte sich heraus, dass wir uns auf gar keinen Fall hier hätten aufhalten dürfen. Eigentlich hätten wir schon beim ersten Schranken unbedingt aufgehalten werden müssen. Es wirkte, als wäre das gesamte französische Sicherheitsnetz durch uns sabotiert worden, doch wir nahmen es entspannt, denn schließlich war nun jemand da, der uns den Weg weisen konnte. Doch der Herr tat noch mehr als das. Er setzte sich ins Auto und eskortierte uns bis zur Abfertigungshalle. Offenbar hatte er wirklich sehr große Angst, dass diese Pilger mit den gelben Tüchlein – darauf komme ich später zurück – am Rucksack sich in aller Unschuld nochmals in streng bewachtes Sperrgebiet verlaufen könnten. Erst als wir sicher abgeliefert waren und durch die Türe das richtige Gebäude betraten, wendete er.

„Wenn Engerln reisen ...", schoss es mir wieder durch den Kopf, denn weitab von aller Naivität, ist es ein Anvertrauen, dass sich der richtige Weg findet oder es sich jemand findet, der ihn uns weist, ein Anvertrauen bei all den Umständen, auf die man selbst keinen Einfluss hat, und so traf das auf uns unbedingt zu.

Formalitäten waren zu erledigen, aber es blieb noch Zeit für einen Kaffee oder eine Jause oder gar beides, bis der Bus da war, der uns zur Fähre brachte.

Jetzt konnten wir uns nicht mehr verlaufen, wenn wir einfach den Anweisungen folgten, was wir auch brav taten. Wir vertrauten uns an, jenen, die den Weg kannten, den wir zu gehen hatten.

„Wenn Engerln reisen ...", dachte ich nochmals, und vollende den Satz für mich, „dann findet sich immer ein glücklicher Ausgang."

9. Rauhe See

Oskar Wilde hieß die Fähre, die wir am späten Nachmittag betraten, und die uns zur irischen Küste bringen sollte. Als erstes verstaute ich mein Gepäck in der Kabine. Neugierig wie ich bin, inspizierte ich das Bett, das aus einer Couch ausgeklappt wird, um beim nächsten Klappen wieder zur Couch zu werden usw. Klipp-klapp, Bett-Couch – nur gut, dass ich nicht verspielt bin. Doch lange hielt es mich nicht in der Kabine. Schließlich musste das Schiff inspiziert werden. Und so ging ich durch den Shop, besah mir die Gedenktafeln für Oskar Wilde, und dachte mir, dass das ein wunderbarer Einstieg ist in die irische Kultur, neben dem schiffseigenen Pub, doch letztendlich trieb es mich hinaus, denn ich wollte sehen, wie wir das Land verließen.

Die See zeigte sich ruhig und einladend, beruhigend im schützenden Hafen, doch dann nahm die Fähre Fahrt auf, und wir ließen es hinter uns. Ich verfolgte das Auslaufen, bis der Hafen außer Sicht war und auch der letzte Zipfel des europäischen Festlandes, bis nur mehr Wasser um uns war und die langsam sich über uns senkende Dunkelheit.

So klein fühlte ich mich mit einem Mal, so klein inmitten der Wellen, die immer unruhiger wurden. Doch der Kapitän wusste wohin er fuhr, davon war ich überzeugt, und dennoch, es waren nur wenige Kilometer zwischen dem Festland und der Insel,

und es kam mir so vor, als wären wir in die
Unendlichkeit eingekehrt.

Nichts um uns als das Wasser und der Himmel. Kein
Stern war zu sehen, kein Orientierungspunkt, und
mitten in dieser Unendlichkeit, zwei Möwen, die
unser Schiff begleiteten. Sie ließen sich ein auf den
Wind, tragen und gleiten. Es war ein Moment, in
dem ich wusste, dass ich nichts weiter tun konnte,
als mich anzuvertrauen, denn hier war ich
ausgeliefert. Und die Wellen wurden höher und
höher.

„Rauhe See herrscht", wurde uns gesagt, und einige
unter uns spürten es massiv, litten unter dem hohen
Wellengang. Für sie galt es dieses Abenteuer
durchzustehen, irgendwie, und ich dachte daran,
dass es im Leben auch so ist, dass Du gerade noch
über das ruhige Wasser sahst. Gerade eben noch
war alles klar und eindeutig und zuordenbar, und
dann wagst Du Dich hinaus, in unbekannte
Gewässer, vielleicht vertraust Du Dich auch
jemanden an, und das Gewässer ist nicht mehr ruhig
und gelassen, sondern aufgepeitscht und unruhig,
und der, dem Du Dich anvertraut hast, entzieht Dir
die Sicht, entzieht sich Dir, so dass Du Dich allein
und verlassen fühlst, inmitten der hohen Wellen
und der Finsternis und dem Ausgeliefertsein, allein
und einsam und verlassen. Die einzige Konstante ist
das Schiff, das Dich trägt, und Deine Zuversicht, dass
sich die Wellen wieder glätten, die Wolken sich
verziehen und Du das Land wiedersiehst, und

vielleicht findest Du auch wieder jemanden, dem Du die Hand reichen und dem Du Dich anvertrauen kannst, allen schlechten Erfahrungen zum Trotz.

Und auch wenn die Nacht fortdauert, noch eine Weile, und der Schmerz noch präsent ist, so kannst Du ihn tragen, so wie den Wellengang und das Unwohlsein, denn nach wenigen Stunden kam das Land in Sicht, die Sonne ging auf, die die Wolken verscheuchte und die See glättete, und als wir im Hafen einliefen war es, als wäre nichts geschehen.

Wieder konnte man mich an Deck finden, denn ich wollte dabei sein, wenn wir wieder Land zu sehen bekamen, wollte dabei sein, wenn wir anlegten, wollte diesen ersten Eindruck mitnehmen von einem Land, das ich zum ersten Mal betreten sollte. Ich ließ meinen Blick über die Klippen schweifen, die so imposant waren, wie ich sie mir vorgestellt hatte, über die Weite der grünen Hügel, und im gleichen Moment wusste ich, ich hatte mir unnötige Sorgen gemacht, denn es war nicht nur keine Enttäuschung, sondern eine Übererfüllung meiner Vorstellungen.

Wir waren angekommen, und das Land empfing uns von seiner heiter-sonnigen Seite.

10. Ankunft

Es war gut wieder festen Boden unter den Füßen zu haben. Es war gut angekommen zu sein, auch wenn wir noch eine gute Strecke zurückzulegen hatten, aber wir waren auf der irischen Insel, genauerhin in Rosslare, an der Ostküste Irlands. Von der Fähre wurden wir mit dem Bus zum Terminal gebracht. Ob es sich bereits verbreitet hatte, das Gerücht, dass diese Pilger mit ihren gelben Tüchern am Rucksack, einfach drauf los gehen, wenn sie einmal losgelassen, auch in Sperrgebiet? Acht hatte man auf jeden Fall auf uns, und wir kamen beim Terminal an, wo bereits der Bus auf uns wartete, der uns zu unserem nächsten Ziel bringen sollte.

Ein kleiner Zwischenstopp bei einer Tankstelle, deren Shop wie ein Greißler von ehedem wirkte. Hier gab es alles, vom Brötchen bis zur Zahnpasta, vom Apfel bis zur Glühbirne, und wir fielen ein wie ein Schwarm hungriger Grashüpfer, so dass sich ein weiteres Vorurteil als richtig erwies, die sprichwörtliche Freundlichkeit der Iren.

Nicht nur die anderen Kunden, sondern auch das Verkaufspersonal zeigte sich äußerst zuvorkommend und rücksichtsvoll. Auch jenen gegenüber, die der Sprache nicht unbedingt mächtig waren, wurde weitergeholfen, wenn es sein musste, mit Händen und Füßen.

Es ist möglich sich zu verständigen, wenn man es denn will. Es ist möglich gemeinsam ein Ziel zu erreichen, auch wenn die Annäherung zunächst verbaut scheint. Es ist möglich, zueinander zu kommen. Alles was es bedarf ist der Wille. Der Kaffee tat gut und machte munter. Langsam kehrte auch in die letzten Gesichter die Farbe zurück, selbst bei denen, die unter dem starken Wellengang sehr gelitten hatten. Auch sie hatten das Lachen und die Heiterkeit wiedergefunden und waren offen und aufnahmefähig.

Wenn man nichts spürt als den Schwindel und die Übelkeit, wenn einen der eigene Körper gefangen hält, dann ist man unfrei und die ganze Welt scheint Übelkeit und Schwindel zu sein, doch wenn man wieder eins ist mit seinem Körper, wenn man sich in sich selbst wohl fühlt und sich darin wieder zu Hause weiß, aufgeräumt und durchgelüftet, dann kann man den Blick wieder nach außen lenken und seine Umgebung wahrnehmen. Heiter und unvoreingenommen und unverbaut ist der Blick, der sich dem Neuen zuwendet und es durch Zugänglichkeit begrüßt. Es ist gut angekommen zu sein.

McDonell hieß das Schnellimbissrestaurant, gelegen hinter der Tankstelle, und davor ein alter VW-Bus in hellblau-weiß. Erfrischend zu entdecken, dass ich nun wirklich entkommen war, nicht nur einer Fast-Food-Kette, die in Einheitlichkeit und Austauschbarkeit nicht zu übertreffen sind, nicht nur dem Dogma, dass nur gut ist, was neu und komplex und am besten unreparierbar ist, sondern auch dem ewigen Druck des Zweckmäßigen.

McDonell war so etwas was wir in unseren Breiten wohl ein Beisl nennen würden, einladend und unverwechselbar, und der VW-Bus, der aussah, als hätte er noch einen Motor, der alles verkraftete, inclusive Heizöl, wo ein einigermaßen geschickter Mensch noch mehr tun könnte als Teile zu tauschen. Unverwechselbar und langlebig, ein Auto, das einen noch begleitete. Vielleicht war er nicht mit allem möglichen Schnick-Schnack ausgestattet, aber er machte das, was ein Auto tun soll, jemanden von einem Ort zum anderen zu bringen, nichts weiter. Und hier konnte man noch hinaus gehen, selbst wenn es in der abgerissenen Jean war, und niemand grüßte einen deswegen weniger freundlich.

Ein Ort, an dem der Mensch noch sein konnte, ohne Statussymbole und externe Zeichen von Erfolg. Einfach nur ein Mensch, der da war und wie wir alle, auf der Reise.

11. Von Schafen und Fuchsien

Weiter ging es mit dem Bus, quer durchs Land, von der Ostküste Irlands an die Westküste. Ich saß im Bus und dachte daran, dass auch das anders war als sonst. Würde ich zu Hause mit dem Bus fahren, so hätte ich wohl bereits ein Buch in der Hand und meine Augen und meine Gedanken darin vertieft, noch bevor der Bus abgefahren war, weil ich meinte, dass ich das eh alles kenne, was ich da zu sehen bekomme. Natürlich stimmt es nicht, doch zu Hause, das sind alles Gegenden, die man immer wieder befahren kann, und wenn ich jetzt nicht schaue und mich vertraut mache, dann halt eben ein anderes Mal, denn ich habe ja theoretisch immer die Möglichkeit es zu tun.

Ich muss zugeben, ich fahre zu Hause nicht mit dem Bus. Dass ich zwei Hunde habe, die ich mitnehmen müsste, was sich aufgrund mangelnder Gewohnheit meiner Hunde mit dem Bus zu fahren, wohl als recht schwierig gestalten würde, ist eher eine Ausrede, wenn auch eine sehr überzeugende. Letztendlich ist es doch eher Bequemlichkeit, wenn ich es vorziehe mit dem Auto zu fahren. Aber hier, hier würde ich so schnell nicht mehr herkommen, hier wollte ich schauen, wollte so viel wie möglich mitnehmen.

Entspannt lehnte ich mich im Sessel zurück und sah die Landschaft an mir vorbeiziehen. Es war weder

Bequemlichkeit noch Faulheit, dass ich den Fotoapparat nicht herausnahm, sondern eine wohlige Entspanntheit, denn ich ließ mich ein.

Was als erstes auffällt, wenn man durch Irland fährt ist das allgegenwärtige Grün. Sanfte Hügel, weite Ebenen, und alles überzogen von einem saftigen Grün. Es ist mir klar, das ist nichts Neues. Das weiß man, wenn man sich auch nur wenige Bilder von der Insel ansieht, aber es sind zwei verschiedene Dinge, ob man eine Landschaft quasi durch die Augen eines anderen sieht, also vermittelt und am besten noch retuschiert, oder ob man sie direkt in sich aufnimmt, und ich kann Euch nun bestätigen, es ist tatsächlich so, es ist so grün, immer unterbrochen von den allgegenwärtigen Steinmauern, bei denen aus der Not eine Tugend gemacht wurde.

Der Boden, wollte er genutzt werden, musste zunächst von den vielen Steinen frei gemacht werden. Doch wohin mit ihnen? Man folgte den naheliegendsten Gedanken und nutzte sie um einzelne Weideflächen voneinander abzugrenzen, so dass die Weideflächen begrenzt waren, um ein Entkommen der Schafe zu verhindern und zu übersehen, welche Weide schon abgearbeitet war und welche nicht, so dass die Steine genutzt waren, und der Boden befreit.

So stellt sich die Frage ob bessere Werkzeuge nicht dazu führen, dass man nicht mehr die naheliegendste Lösung präferiert, sondern die, die um des Einsatzes der Werkzeuge willen gewählt wird. So sind Werkzeuge nicht unbedingt immer ein Segen, sondern nur eine Ausrede – aber meine um nicht Bus zu fahren ist besser. Und zwischen den Weiden und den Steinmauern gedeihen die Fuchsienhecken, viele, viele Meter lange Fuchsienhecken, die das Grün durch die Farbenpracht ihrer feinen Blüten aufhellen.

Man sieht auf den ersten Blick, hier regnet es viel, doch den allgegenwärtigen Schafen macht es nichts aus, weder der Regen noch der Wind. Sie grasen, munter und unbeeindruckt von allem, was um sie herum vorgeht,
Es gibt in Irland angeblich doppelt so viele Schafe wie Menschen, und nachdem Irland ca. 4,5 Mill. Einwohner hat, ergibt das nach Adam Riese rund 9 Mill. Schafe. Nur der Hirte und der Hütehund vermögen die Schafe in Unruhe zu versetzen, und die Aussicht auf ein offenstehendes Gatter, wo sie sich vielleicht doch in die Freiheit begeben können, wobei Freiheit wohl auch in diesem Fall relativ ist, denn alles, was sie durch das geöffnete Gatter erreichen würden, wäre eine weitere abgezäunte Weidefläche, aber immerhin, ein klein wenig mehr Lebensraum als vorher, und nicht so beunruhigend wie die große Freiheit.

Wenn wir einen Raum hinter uns lassen, so betreten wir einen anderen, den wir vielleicht nicht kennen, doch manche Elemente sind immer vertraut. Nur das völlig Unvertraute macht Angst. Wir brauchen etwas woran wir uns festhalten können, um nicht unterzugehen.

Unvermittelt bremst der Bus, ohne dass der Anlass zunächst erkennbar ist, doch dann verstehe ich es. Auch auf der Straße haben in Irland die Schafe Vorrang.

12. Von der Weite und gelben Tüchern

Sobald die Schafherde die Straße überquert hat, die der Hütehund pflichtschuldig und mit nicht zu übersehender Freude, beisammenhält, nimmt der Bus wieder Fahrt auf, folgt dem Weg weiter zwischen Weiden und Schafen und Grün und Steinmauern und Fuchsienhecken. Wenige Bäume, die die Aussicht verstellen würden, finden sich.

Ab und an durchqueren wir einen kleinen Ort, wobei der Begriff Ort ein wenig euphemistisch wirkt, denn es handelt sich eher um ein paar Häuser, die wie wahllos über die Gegend verstreut scheinen, als hätte jemand von oben sie wie Würfel geworfen, und wo sie hinfielen, dort blieben sie. Das einzige, was an einen Ort gemahnte, war doch die räumliche Nähe, auch wenn man kaum wo von direkter Nachbarschaft sprechen konnte. Manche Orte bestanden aus nichts weiter als einer einzelnen Häuserzeile. Vergeblich suchte man Knotenpunkte, wie man sie von der Heimat gewohnt war, wie den Turm einer Kirche oder ähnliches, um das sich in unseren Breiten ein Ort oftmals gruppiert, und doch wirkte es, als könnte es nicht anders sein. Halbverfallene Häuser, denen man ansah, dass sie schon vor langer Zeit verlassen wurden, standen einträchtig neben modernen Häusern und Lagerhallen. Die Anordnung entsprach der Weite des Landes. Wozu sollte man Schafe oder Rinder in Ställe sperren oder der Mast aussetzen, wenn so viel

Platz vorhanden ist, und mittendrinnen, zwischen den Schafen mit ihren rosa oder blauen Sprühmustern auf dem Rücken werden wir wandern, ebenso gekennzeichnet mit den gelben Tüchern an den Rucksäcken.

Auch bei schlechtem Wetter waren sie gut sichtbar, so dass es immer einen Anhaltspunkt geben würde wo der Rest unserer Herde war. Ohne despektierlich wirken zu wollen, aber es hatte schon etwas von einer Herde, die sich miteinander auf den Weg begab, gekennzeichnet durch ein einheitliches Merkmal, das die Zusammengehörigkeit ausdrückte, und dennoch bestehend aus eigenständigen Individuen, denn jeder von uns hatte von sich aus beschlossen sich dieser Gruppe anzuschließen und dieses Stück des Weges gemeinsam zu gehen, zusammengehalten durch einen Hirten in Form unseres Gruppenleiters.

Und auch wenn der Weg der gleiche war, so war doch die Erfahrung eine differenzierte, denn jeder sah für sich, und jeder erlebte für sich, tauschte sich aus, und das führt dazu, dass auch der andere teilnimmt an der fremden Erfahrung. Und aus dem Nebeneinander des Unbekannten wird das Miteinander einer Erfahrungsgemeinschaft mit den gelben Tüchern.

Endlich erreichten wir unser Ziel, am späten Nachmittag unseres ersten Tages auf der Insel. „Grand Hotel" hieß unsere Unterkunft, und es machte seinem Namen wahrhaft alle Ehre, denn schon beim Eintreten fiel die schwere, dunkle Holzvertäfelung ins Auge, die das gesamte Hotel durchzog, angefangen von der Eingangshalle. Daneben war der Speisesaal und auf der anderen Seite, das hoteleigene Pub. Die Zimmer wurden bezogen, und es ging sich wohl noch ein kleiner Abstecher in den Ort, Trallee, aus oder einfach nur sich frisch zu machen, je nach Laune.

Manche werden unbeweglich durch die vielen Stunden, die sie im Bus sitzend verbringen, und andere zappelig, so dass sie, lang ausschreitend, einfach sich bewegen müssen. Doch zuletzt fanden alle wieder zusammen, um wieder einer gemeinsamen Aktivität nachzugehen.

So war die Reise gekennzeichnet von einem Wechsel von Gemeinsam und Für sich. Manchmal tut es gut, das Gemeinsam, und manchmal das Für Sich. Niemand wurde schief angesehen oder ausgeschlossen, weil er sich einer bestimmten Gruppenaktivität nicht anschloss, sondern das eigene Erleben vorzog, doch immer wurde er mit diesem eigenen Erleben wieder mit Freude in der Gruppe willkommen geheißen. Es gab kein Versäumen, sondern nur ein Anders, das auch seinen Platz fand.

13. Traditionen

Der Wasserkocher am Zimmer. Eine überaus sympathische Gewohnheit, nicht nur Irland. Er steht bereit, nebst Tassen, Teebeuteln und Löskaffee, ebenfalls in Portionssäckchen abgefüllt. Natürlich könnte man sich über die Verpackungsflut aufhalten. Ich gestehe, ich tat es nicht, und genoss die Dusche, das warme Wasser und eine Tasse Tee

Man soll sich den örtlichen Gewohnheiten anpassen, denke ich, bevor ich mich inmitten der Gruppe wiederfinde, die vor dem Hotel steht. Manche hatten die Stadt erkundet, andere sich aufs Zimmer zurückgezogen, so wie ich, Kontakte gesucht mit der Heimat und vor allem mit den Menschen, die uns über die Entfernung hinweg mit der Heimat verbinden. Und so wird Austausch auch über das Nicht-Gemeinsame möglich. Wir brechen auf, besuchen das Theater, das entsprechend den Gepflogenheiten in Stein gebaut ist.

Das Stück, das wir sehen sollen, trägt einen Gälischen Titel, „Fado Fado". Das bedeutet, „Es war einmal, Es war einmal". Doch wie soll da Verstehen möglich sein, in einer fremden Sprache, die so fern scheint von der eigenen?

Es wurde dunkel im Saal, und das erste, was zu vernehmen war, war die Flöte, die ein Markenzeichen der gälischen Musik darstellt. Ein

Haus erschien, Männer, Frauen und Kinder. Mittels Musik und Tanz wurde das Leben im Jahresverlauf dargestellt, das Aufblühen im Frühling, das kräftige Leben im Sommer, die Ernte im Herbst, und die Ruhe, das Zusammenrücken im Winter.
Eindringliche Melodien und die traditionellen Tänze, stellten den Zuschauer an eine Klippe zwischen Gestern und Heute, zwischen Gewesenem und Lebendigem. Natürlich hat sich vieles verändert, angepasst den modernen Gegebenheiten. Vieles ist obsolet geworden, wird von Maschinen besser ausgeführt, wahrscheinlich auch billiger. Doch die Traditionen, das Gemeinsam im Gesang, in der Musik und im Tanz hat sich erhalten, in dem sich die Lebensfreude widerspiegelt und das Lachen und die Freude und die Zuversicht, in der man wohl auch gedenkt, aber auch gerade darin ist, sich mitreißen lässt.

Die Traditionen aufrecht zu erhalten, heißt auch die Verbindungen nicht abreißen zu lassen, zu den Menschen vor uns, ohne sie widerspruchslos zu kopieren. Es ist auch ein wenig ein Eintauchen in eine fremde Welt, und doch so vieles, was sich immer gleich bleibt, was die Menschen über die Zeiten und Welten hinweg verbindet.

Frühling, Sommer, Herbst und Winter.
Erwachen, Erstarken, Verblühen und Ruhen.

Zumindest in unseren Klimaregionen. Zeit zu geben, die natürliche Zeit, zu wachsen, sich zu entfalten, in

aller Pracht sich zu zeigen und zu verblühen, zu
ruhen. Ein Anstoß auch diese Ruhe wiederzufinden,
die wir uns nicht mehr gönnen. Viele wünschen sich
zu sterben, während sie mitten im Tun begriffen
sind, andere wiederum im Schlaf. Bloß nichts
merken, das wäre wichtig, ohne sich zuvor auf den
Gedanken auch nur einlassen zu müssen, das wäre
optimal. Und dabei wäre es vielleicht nicht schlecht,
abzuschließen, ohne Groll und ohne Verdruss, ohne
Enttäuschung und ohne Neid, gegenüber denen, die
noch bleiben dürfen.

Jedes hat seine Zeit.
Jeder hat seine Zeit.

Das Leben kommt und geht, nimmt den Platz ein
und gibt ihn wieder frei. So ist es, und so ist es gut.
Es geht nicht um das, was bleibt, es geht um das,
was ist. Vielleicht wird sich jemand meiner
erinnern, vielleicht auch nicht. Es ist nicht wichtig.
Wichtig ist, dass das Leben so gelebt wird, wie es
sich zu leben findet.

Und auch nach dem Theater blieben wir den
Traditionen verhaftet, trafen uns wieder im
hoteleigenen Pub, bei Live-Musik und einem Bier
oder einem Whiskey. Wir waren angekommen, in
einem fremden Land, mit Menschen, die uns vor
wenigen Tagen ebenfalls noch fremd waren, auf die
wir uns einließen, um uns gemeinsam auf das Land
einzulassen, beginnend mit dem Gestern und
fortfahrend, entdeckend, im Jetzt. Heiter und erfüllt

zog ich mich in mein Zimmer zurück, genoss die letzte Tasse Tee an diesem Tag, ließ mich entführen in den Schlaf.

14. Die ersten Schritte

Das Frühstück ist deftig und ausgiebig in Irland, mit Speck und Bohnen und Eiern. Und wir machten reichlich davon Gebrauch. Wir standen vor dem Aufbruch. Es war nicht abzuschätzen wie weit es unser Kräfte in Anspruch nehmen würde. Es war offen, so wie das Land offen vor uns lag, bereit von uns durchschritten zu werden, letztendlich doch gleichgültig.

Nach dem Frühstück, bepackt mit unserem Gepäck und mannigfachen Erwartungen, wurde zunächst eine Strecke mit dem Bus zurückgelegt, bis zu dem Ort, an dem unsere Wanderung in ihren Anfang nehmen sollte. Dem Bus entstiegen, konnten wir uns noch versorgen im Gemischtwarenhandel mit Getränken oder kleinen Snacks für unterwegs. Vor uns lag das Meer und dieser Gemischtwarenhandel war etwas, was für mich einen beinahe nostalgischen Anstrich hatte.

Natürlich kannte ich ihn aus Erzählungen, den sogenannten Greißler, wie die kleinen Gemischtwarenhandlungen bei uns früher genannt wurden, wo die einzelnen Lebensmitteln noch aus großen Gebinden geschöpft dem Kunden in kleineren Einheiten verkauft wurden, verpackt in Papiertüten, wo sich die Menschen des Ortes noch trafen, auch einmal ein kleines Schwätzchen haltend, sich austauschend über die Vorkommnisse und Gegebenheiten. Hier war der Ausgang für den neuesten Dorftratsch.

Auf jeden Fall bekam man dort alles, was man fürs tägliche Leben brauchte, Milch, Eier, Gebäck und soziales Miteinander. Doch heute gibt es das bei uns nicht mehr. Überall trifft man auf die mittlerweile vertrauten Schilder der Filialen der großen Lebensmittelketten. Eigentlich sind es nur vier, die sich den Markt untereinander aufteilen.

Selbstbedienung, so wenig wie möglich miteinander zu sprechen, denn das kostet Zeit, und die Selbstbedienung wurde ja erfunden um am größten Kostenfaktor zu sparen, den es im Handel gibt, den Personalkosten. Die Zeitnehmer stehen neben der Dame an der Kassa und stoppen mit wie lange sie brauchen darf um zu rechnen. Alles muss so schnell wie möglich gehen, und das Persönliche kostet Zeit. Die Konsumenten haben auch keine Wahl. Sie können sich nur hier versorgen, und ganz gleich welcher Lebensmittelkette sie den Vorzug geben, aus welchen Gründen auch immer, das Konzept ist immer das Gleiche, und die Lebensmittel entsprechend minderwertig, so wie es der Konsument will, weil er immer weniger zu zahlen bereit ist.

Doch hier, in Irland, war es anders. Es war mir bereits bei der Hinfahrt aufgefallen, dass es in diesem Land kaum Ketten gab, auch in den größeren Orten. Es hatte etwas Nostalgisches und auch Wohltuendes. Bei uns gibt es Supermärkte mit tausenden Quadratmetern, und hier, hier gab es alles, was man brauchte auf knapp dreihundert Quadratmetern. Grundbedürfnisse. Genug um sich zu ernähren, zu pflegen und die Wäsche zu waschen, auch mal eine Glühbirne auszutauschen, die es auch nicht mehr gibt. Selbst die Post war in diesem kleinen Laden untergebracht.

Was braucht man mehr? Kaufen wir nicht Dinge, die wir nicht brauchen, einfach weil sie da sind? Ist es denn wirklich notwendig von ein und demselben Lebensmittel zehn Varianten angeboten zu bekommen? Ist dieses Überangebot von Nutzen? Es war erfrischend, befreiend zu sehen, dass man auch dann leben konnte, wenn es dieses Überangebot nicht gab.

Dann brachen wir auf, traten den Weg an. Zwischen Brombeersträuchern und Fuchsienhecken, zwischen Weideflächen und Steinmauern, folgten den Schildern. Immer wieder blieb jemand stehen, die saftigen, reifen Brombeeren zu probieren, die überreich vorhanden waren. „Es ist auch gut fürs Herz", heißt es beim kleinen Prinzen.

Aufbruchsstimmung, und während wir um die erste Biegung kamen, die grünen Hecken sich ein wenig lichteten, lag die Weite vor uns, das Land und das Meer, so dass wir heiter voranschritten. Die ersten Schritte hinein ins Unbekannte, das doch so überschaubar schien.

15. Es ist gut, zu spüren

Heiter und beschwingt ging es voran, einen ausgetretenen Fußpfad entlang. Wir waren nicht die ersten, die diesen Weg beschritten. Über die Jahre, ja Jahrzehnte, Jahrhunderte, waren uns viele vorangegangen. Vielleicht hatte sich der Weg über diese lange Zeitspanne hinweg verändert, doch die Umgebung schien wie ehedem.

Natürlich waren da jetzt Stromleitungen und die Häuser waren entsprechend mit Wasser- und Abwasserleitungen versorgt worden, aber die Weideflächen waren da, und die Schafe, Kühe und Pferde, wie ehedem. Zwischen modernen Häusern sahen wir immer wieder Ruinen von alten Steinhäusern, die nicht beseitigt worden waren, sondern einfach stehen geblieben waren, nachdem ihre Bewohner sie verlassen hatten um sich etwas Angenehmeres zu bauen.

Wie das Leben wohl war in solch einem Steinhaus? Wahrscheinlich war es kalt und nass. Jetzt wurden die Steine, die übrig geblieben waren, von Efeu und Schlingpflanzen überwuchert. Die Natur erobert sich den Raum immer wieder zurück, den der Menschen verlässt.

In den modernen Gärten wird Wert gelegt auf Ordnung, und die Ordnung ist eine menschliche. Der Rasen muss grün sein, einheitlich grün. Da darf nicht die kleinste Blume ihr Köpfchen erheben. Sofort wird es als Unkraut ausgetilgt. Umrahmt wird das, was da Garten genannt wird, mit einer Thujenhecke, die zwar nicht endemisch und darüber hinaus auch noch toxisch, aber sie wachsen schnell und dicht und verwehren so den Blick auf den Garten. Es wird genau getrennt zwischen drinnen und draußen.

Drinnen, das sind die Menschen, die das Haus zum Garten bewohnen. Draußen, das sind die anderen, und letztlich auch die Natur, die in dem Garten mit ihrer Unordnung und dem fatalen Hang einfach so zu wachsen, ohne irgendeinen Plan. Plan- und stilvoll soll der Garten sein, aber um Gottes willen nicht natürlich. Das widerspricht dem Ordnungssinn des Menschen zutiefst. So hat ein Garten auszusehen, genau so, inclusive der 20 mm Begrenzung für den Rasen. Wird er länger, so muss er gemäht werden. So viel Arbeit macht ein Garten, wenn man sich gegen das natürliche Wachstum stemmt, so dass die meisten Menschen ihren Garten eher als Belastung, denn als Bereicherung sehen, ohne zu hinterfragen ob es denn wirklich so sein muss. Auch dass die Bienen, die Schmetterlinge und die Marienkäfer schon längst abgewandert sind, wird nicht als Zeichen gesehen.

Nur, warum wundern wir uns dann, dass Gelsen und Stechmücken im Vormarsch sind? Wer die natürliche Ordnung durcheinander bringt, darf sich nicht wundern, dass das Folgen hat.

Hier überließ man die unbewohnten Steinhäuser wieder der Natur, und das ist möglich, weil eines genug vorhanden ist, Platz. Es ist nicht notwendig etwas Altes abzureißen, weil daneben noch genügend Platz ist um etwas Neues zu bauen. Es ist nicht notwendig alles niederzureißen und damit zu vergessen. Dort, wo um jeden Zentimeter gefeilscht wird, ist die erste Frage nach dem, was sich beseitigen lässt, doch hier darf es bestehen bleiben.

Wir traten den Weg an und folgten ihm. Wir sahen die Landschaft und die Weite, die Veränderungen, die dadurch sichtbar wurden und nachvollziehbar, dass die Spuren nicht beseitigt wurden, spürten die Sonne auf der Haut, den süßen Geschmack der Brombeeren, rochen das Salz in der Luft und nahmen unseren Körper als bewegend und entdeckend war. Nach all den Stunden, die wir in Bewegungslosigkeit in den diversen Fortbewegungsmitteln verbracht hatten, tat es gut den Körper wahrzunehmen, und die Landschaft auf physisch zu entdecken, in sich aufzunehmen, die Unebenheiten des Weges, und das Durchwanderte mit sich zu tragen und das Kommende aufnehmend. Es war gut, sich zu spüren.

16. Und das Meer rauschte

Lange waren wir den Weg gegangen, zwischen Weideflächen und über sanfte Erhebungen, als sich die Hecke vor uns öffnete und das Meer sichtbar wurde. Ein herrlich, sonniger Tag, und die Füße wollten heraus aus der Einzwängung in den Schuhen. Rasch zog ich sie aus, denn ich wollte es spüren, den Sandstrand und das Meer.

Ruhig erstreckte sich der Sandstrand vor uns, nur bevölkert von wenigen, vereinzelten Möwen. Die Schuhe in der Hand setzte ich meine Füße zunächst vorsichtig in den feuchten Sand. Er fühlte sich gut an auf der Haut. Langsam sollte man es angehen, das Entdecken. Die Eindrücke wirken lassen. Leicht sank ich ein, doch ganz schnell füllte sich der Abdruck wieder mit Sand.

Ich ging vorwärts, immer dem Meer entgegen, achtend auf Muscheln und Seegras, das am Strand lag. Ich sah genau hin, wo meine Füße auftraten. Ich entdeckte, dass an manchen Stellen viele kleine Löcher im Sand waren, ungefähr einen Zentimeter im Durchmesser, die vielleicht gerade mal Platz boten für einen Wurm, und daneben lagen kleine Sandkügelchen. Was das wohl sein mochte? Mein erster Reflex war die Antwort mit Hilfe des Internets zu erhalten, doch abgesehen davon, dass ich hier kein Netz hatte, ließ ich es offen, denn ich wollte bleiben, und so ging ich weiter, bis mich die ersten Wellen erreichten.

Das Wasser war klar und kalt, so dass es erfrischend und belebend wirkte. Kurz glitt es um meine Füße herum, um sich dann wieder zurückzuziehen, immer wieder. Rasch krempelte ich die Hosenbeine auf, um noch weiter hineinzugehen, um das Wasser auch auf den Knöcheln zu spüren. Belebend war es, und ich war erfüllt von einer unspezifischen Freude.

Was war es? War es das Neue, das Ungewohnte? War es die Freiheit, die es versprach? War es das Miteinander, in dem das Erleben stattfand? War es das Bleiben im Moment, ohne Gedanken daran, dass man etwas arbeiten, etwas tun könnte? War es das Leben selbst, das mir zulachte und sich mir offenbarte?
Ich suchte keine Antworten darauf. Eigentlich stellte ich noch nicht einmal eine Frage. Es war einfach so, wie es war. Ich ging, hier am Strand, freute mich über die Wellen, die meine Füße umspülten, über den Sand unter meinen Füßen, über die Sonne über mir und die Menschen, die mit mir mit waren. Es war einfach so. Es ist nicht immer notwendig zu wissen warum, aber sich erleben zu lassen, dass es so ist.

Heiter und beschwingt, kehrte ich zur Gruppe zurück, in der jeder den Strand auf seine Weise erlebt hatte, und wir gingen gemeinsam in den Ort hinein, einem kleinen Ort direkt an der

Atlantikküste. Dreißig Einwohner zählte der Ort, wies einen Greißler auf und zwei Pubs. Und sein Name war Ballydavid.

Wir gingen durch die Straßen und erreichten das Pub mit angeschlossener Herberge, in der wir Unterkunft beziehen sollten, die durch nichts weiter als durch eine Straße und eine Mauer vom Meer getrennt war. Neben der Mauer standen Tische und Bänke, wo wir uns niederließen und Erfrischendes konsumierten. Manche gingen den Steg entlang, der ins Meer führte. Die besonders Abgehärteten warfen sich in die Fluten, schwimmend. Das Meer hatte ca. 15 Grad. Noch war Ebbe, und die Felsen waren gut zu sehen, die auch hier aus dem Wasser ragten. Die Sonne war warm, und die See ruhig. Es tat auch gut nach der Wanderung hier zu sitzen, zu plaudern und sich auszutauschen, den Tag Revue passieren zu lassen und noch mehr zu erfahren, von den Menschen, die miteinander diesen Weg gingen.

Es war gut zu gehen, und es war auch gut anzukommen. Und während ich meinen Kaffee trank, die Stimmen um mich hörte und das Lachen, rauschte das Meer und es war etwas, was ich Glück nennen würde. Ich werde es erzählen können und behalten dürfen, dachte ich mir, und dann war ich nur mehr da.

17. Komm zu mir

Die Zimmer waren bezogen worden. Die Einteilung vollzogen. Das Gepäck war verstaut und das Bett gesichert. Ich wollte nicht bleiben. Da war eine Sehnsucht, nach Einsamkeit und Weite, und in meinem Ohr klang noch die Einladung des Meeres, eine unmissverständliche. "Komm zu mir, und lass Dich verzaubern", hatte es mir in seinem Rauschen im Vorbeigehen zugeflüstert.

Ein kleines Stück ging ich die Straße entlang, die sich in einen Feldweg wandelte, einen kleinen Weg durch frisches Gras, doch - wie leicht zu erkennen war - viel genutzt, denn das Gras war so weit niedergetreten, dass nur mehr Erde zu sehen war. Ich folgte diesem Weg, knapp neben den steil abfallenden Klippen.

Wo sollte ich Rast machen? Ich wollte mich führen lassen, und so bog ich an einer Stelle ab, an der die Klippen am weitesten ins Meer hineinragten, vielleicht 15 Meter weiter, als wären sie links und rechts von diesem Vorsprung vom immerwährenden Kommen der Wellen ausgewaschen worden, doch nur dieses Stück hatten sie verschont. Bis an die äußerste Spitze wagte ich mich vor, und sah hinab, zum Wasser und zum Brausen der Wellen. Niemals hätte ich gedacht, dass das Meer so laut wäre, doch umso stärker ich mich einließ, desto mehr wurde mir bewußt, dass es eine Melodie war, eine immer wiederkehrende Melodie, die des Ozeans, des lebendigen Wassers, des Urelement des Lebens, so dass ich mich niederließ um zu lauschen bis ich mich fast verloren hätte.

Die Gedanken gingen und hinterließen mich dem Meer, als völlige Offenheit. Nichts zu tun, als zu lauschen, zu atmen, zu sehen und den salzigen Geruch aufzunehmen, nichts weiter. Völliger Einklang. Mein Herzschlag folgte dem Rhythmus der Wellen. Mein Atem taktete sich mit ihrem Kommen und Gehen. Es war mir, als würde alles andere um mich versinken oder in eins zusammen zu wachsen, in Meer und Weite und Himmel, alles zusammen in die eine Bestimmung zum Da-Sein. Es gemahnte mich ein wenig an die Vorstellung, die ich vom Gesang der Sirenen hatte, so anziehend, unausweichlich und totbringend.

Geschichten von Seefahrern, verwegenen Männern, die sich dieser Anziehungskraft nicht entziehen konnten. Es waren keine Wesen, diese Sirenen, sondern es war einfach das Meer selbst, und das Meer hatte ein Wesen, hat ein Wesen, bezaubernd und betäubend. Doch es gelang mir zu erwachen, aus der Betäubung, zeitgerecht. Es war mir, als wäre ich in weiter Ferne gewesen, erwachend wie aus einem Traum, und doch waren es nur wenige Minuten gewesen.

Langsam, beinahe widerstrebend erhob ich mich, um zurückzukehren zu unserer Unterkunft, wo das Abendessen auf uns wartete. Ich ging, doch der Ruf, das wusste ich, würde mich nie wieder loslassen, nie wieder freigeben. Vielleicht war es die Sehnsucht nach dem Ort, an dem man endgültig ankommen könnte, eine Ankunft für immer, ein Ort zu Bleiben, vielleicht aber auch die sich einmal niederzulassen, alles Gewesene hinter sich zu lassen und die Zukunft vor einem, ohne einen Gedanken daran, zu bleiben, einfach nur für eine Weile im Hier, ohne gleich Ewigkeit oder Endgültigkeit zu beanspruchen. Vielleicht auch eine Mischung daraus, aber es war zumindest ein Ort, an dem ich jenes Bleiben-können für mich gefunden hatte. Es geschieht, möglicherweise am Gipfel eines Berges, mitten im Meer oder auch inmitten einer Menschenmenge.

Jeder findet diesen Ort für sich, ganz gleich wo, aber es gibt ihn für uns alle, denke ich. Und es ist wunderbar ihn zu finden, denn selbst wenn ich aufstand um woanders hin zu gehen, weg ging wieder aus diesem Ort des Bleibens, so besteht doch der Eindruck in mir und lebt fort, bis ich wiederkomme oder auch nicht. Nicht einmal das spielt eine Rolle, denn er lebt in mir, auch wenn die Sehnsucht bleibt und dazu führen wird ihn wieder aufzusuchen.

18. Der Schlüssel passt nicht

Satt und zufrieden, einen Whiskey oder ein Bier oder einen Irish Coffee vor sich stehen haben, je nach Geschmack, im Pub, inmitten der Einheimischen, fühlt es sich fast so an, als würde man dazugehören, Teil sein, doch es war nur ein Moment, doch es wirkt wärmend, wenn man sich dazugehörig wähnt.

Wahrscheinlich ist das auch der Grund, warum man sich so freut jemanden zu treffen, der aus der Heimat stammt, den es auch hierher verschlagen hat. Umso mehr, wenn derjenige nicht nur auf der Durchreise ist, sondern sich hier niedergelassen hat. Dinge, die man kennt, haben immer etwas Beruhigendes. Der breite, typische Dialekt, ja überhaupt, das wohlbekannte Idiom. Ein Stück Heimat mitten in der Fremde, Verbindendes, Zusammenrückenlassendes.

Doch was hat Dich hierher verschlagen? Ein Schlüssel, der nicht passte, war schuld daran, erfuhren wir. Du hattest in der Heimat in einen Bereich gearbeitet, in dem im Winter Hochbetrieb herrscht, so dass Du nach Abschluss einer anstrengenden Saison einen Ort suchtest, an dem Du zur Ruhe finden konntest, und diesen Ort fandest Du hier, auf Dingle Island, in einem Ort mit 30 Einwohnern.

Was für eine Veränderung nach Monaten, in denen es in erster Linie Deine Aufgabe war betrunkene, doch trinkgeldfreudige Gäste bei Laune und bei Geberlaune zu halten, Monate mit zu wenig Schlaf und zu viel falschem Lächeln, zu viel Schminke, die durch den irischen Regen abgewaschen werden sollte. Im Pub bliebst Du hängen, in einem von den beiden, doch als Du in der Nacht den Weg antratst, nur über die Straße um Dich in das Zimmer zurückzuziehen, das Du für die Nacht gemietet hattest, da musstest Du feststellen, dass der Schlüssel nicht passte.

Mitten in der Nacht war es. Niemand war mehr munter. Niemand, den Du hättest fragen können, um Hilfe bitten. Solltest Du zurück gehen? Du fandst Dich auf der Straße wieder, immer noch unschlüssig, als ein Wagen neben Dir stehen blieb. War das nicht der junge Mann, mit dem Du Dich an dem Abend so gut unterhalten hattest, der vielleicht ein klein wenig mit Schuld daran war, dass Du ein, zwei Bier mehr getrunken hattest, als Du eigentlich geplant hattest?

Und er nahm Dich mit, in dieser Nacht, so sehr, dass Du bliebst. Und weil Du bleiben solltest, hatte der Schlüssel nicht gepasst, damit Du das Zimmer nicht erreichen konntest. Woran es lag, ob es der falsche Schlüssel war oder die falsche Tür?

Das wird wohl für immer ein Geheimnis bleiben, und soll es auch, denn so wie es gekommen war,

war es gut. Wer mag sich da noch Gedanken machen was die technische Ursache war? Es ist wie es ist, sagt die Liebe, und wenn die Liebe einen Weg führt, macht es auch nicht viel Sinn sich dagegen zu stellen, denn es passiert, ob jetzt durch einen Schlüssel, der nicht passt, oder auch einen Weg, in den man einbiegt oder ein Ort, an den es einen verschlägt um zu bleiben. Und es war gut zu wissen, dass es immer noch passieren kann, auch am Ende der Welt, auf Dingle Island in einem Ort mit 30 Einwohnern.

Und ich fragte mich, wo mich der Weg wohl hinführen würde, was das Schicksal noch mit mir vorhatte, hier in Ballydavid oder anderswo. Eines war sicher, ich würde mich nicht dagegen stellen, sondern es annehmen. Denn ich glaube nicht nur an das ominöse Happy End, sondern noch viel mehr an das Happy Life, auch wenn es sich bisweilen ein wenig verborgen hält.

Manchmal ist der Schlüssel, der nicht passt, der Schlüssel, der erst zu dem führen soll, der passt oder zur richtigen Türe.

Und die Nacht ging und der nächste Morgen kam.

19. Traumhaus

Von einem bin ich mittlerweile überzeugt, auf seine Träume kann man sich verlassen.

Manchmal, weil sie in Erfüllung gehen, aber noch viel öfter deshalb, weil sie einem einen Weg zeigen oder auf etwas aufmerksam machen. Die Verlässlichkeit von Träumen steigt aber auch mit dem Vertrauen auf jene Verlässlichkeit. Es bedingt sich quasi gegenseitig. Ich kann leider nicht behaupten, dass ich mir merkte, was ich in dieser Nacht träumte, auch wenn ich auf dem Weg zum Frühstück versuchte die Fetzen des Traumes der letzten Nacht wieder zusammenzufinden, aber sie verwehten, bevor ich sie erhaschen konnte. Ich bin ja mittlerweile überzeugt davon, dass es nur am Wecker liegt, dass sie mir immer wieder durch die Finger gleiten, doch zum Glück gibt es auch Tage ohne Wecker, an denen ich, noch im Zwischenstadium zwischen Schlaf und Wachen den Traum rekapitulieren kann, doch wie gesagt, an diesem Morgen war das leider nicht der Fall.

Ein paar Schritte über den Hof zum Frühstücksraum. Automatisch ging mein Blick zum Meer und dann zum Himmel. Das Meer war unruhig, aufgepeitscht und der Himmel grau und verhangen. Ein wenig sah es nach Regen aus, doch ich war fest überzeugt davon, dass sich der Himmel noch lichten, der Wind die Wolken vertreiben würde,

weil das Wetter bis jetzt doch immer noch
mitgespielt hatte.

Nach dem Frühstück brachen wir auf, gingen den
selben Weg, den ich gestern zum Meer genommen
hatte, doch es war keine Zeit zu verweilen. So ließen
wir den Weg über die Wiese hinter uns und standen
am Straßenrand. Automatisch ging mein Blick nach
links und nach rechts. So wie ich es gelernt und mir
eingeprägt hatte, so wie ich es jetzt immer tat, wenn
ich eine Straße zu überqueren gedachte. Auch hier
tat ich es, und hätte es damit beinahe übersehen.

Auf meine Träume kann ich mich verlassen.

Es war wohl mittlerweile gut drei Jahre her, da hatte
ich einen Traum, den ich behielt. Ich sah mich darin
selbst in einem Auto sitzen und fahren. Während
der Fahrt telephonierte ich. Es war ein
anstrengendes, unangenehmes Telephonat und ich
war froh, als ich endlich auflegen konnte. Dort, wo
ich anhielt, war die Straße zu Ende. Ich stieg aus
dem Auto aus und betrat einen Garten, doch ich sah
weder links noch rechts, sondern steuerte direkt auf
das Haus zu, sperrte die Türe auf und trat ein. Ich
hatte also einen Schlüssel zu diesem Haus, das aber
ganz bestimmt nicht mir gehörte. Langsam sah ich
mich um. Das Haus war leer, nur die Mauer hinter
mir und die Glaswand vor mir, das war das Haus,
ohne Möbel, ohne Einrichtung, und dennoch hatte
dieses Haus eine Besonderheit, es war rund, die

eine Hälfte des Kreises gemauert und die andere verglast.

Ich sah geradeaus, als ich an dieser Straße stand, im äußersten Südwesten Irlands. Vor mir, auf der anderen Seite der Straße, da war ein Garten, von der Straße getrennt durch eine grob strukturierte Steinmauer und ein schmiedeeisernes Tor. Mein Blick folgte der Auffahrt, die zu einem Haus führte.

Irgendwo her, dachte ich, kam mir dieses Haus bekannt vor. Irgendwo, davon war ich überzeugt, hatte ich dieses Haus schon einmal gesehen. Doch wie sollte es zugehen? Ich war doch schließlich noch niemals hier gewesen, hier in Irland, und doch war es unbestreitbar, dieses Haus kannte ich, und während ich weiterging, um den Anschluss an die Gruppe nicht zu verlieren, da kam sie langsam zurück, die Erinnerung, und es war nichts anderes als das Haus aus meinem Traum.

Rund war es, die Hälfte aus Glas, die andere gemauert. Ich hatte dieses Haus in meinem Traum gesehen und betreten. Und plötzlich waren der wolkenverhangene Himmel und der Wind und der beginnende Regen egal, denn ich hatte etwas gefunden, worauf mich ein Traum aufmerksam machen wollte, hatte etwas gefunden, wo ich hingehörte.

Ich konnte zu diesem Zeitpunkt nicht sagen was das letztendlich zu bedeuten hatte, denn schließlich hatte ich mein Leben in der Heimat, zu dem ich nicht nur zurückkehren musste, sondern auch wollte, denn es gab so vieles, was mich hielt, nach wie vor, doch irgendetwas hatte es zu sagen, denn von einem bin ich mittlerweile überzeugt, dass man sich auf seine Träume verlassen kann.

20. Im Regen

Auch wenn wir den Weg fortsetzten, so blieb ich doch in Gedanken bei dem Haus aus meinem Traum und bei meinem Traum mit dem Haus. Es sah nicht bewohnt aus, das Haus aus meinem Traum, das ich jetzt gefunden hatte, leer und verlassen schien es. Nicht nur übers Wochenende, sondern schon lange. Es machte den Anschein, als hätte es jemand hinter sich gelassen und langsam verwitterte es, als hätte es die Besitzerin vergessen. Das Holz zwischen den Fenstern trug die Spuren der Verwitterung und die Vegetation im Garten wucherte ungezähmt. Auch in meinem Traum war das Haus verlassen, als ich es betrat, doch da besaß ich einen Schlüssel, also die Berechtigung es zu betreten, doch es gehörte auch in meinem Traum nicht mir.

Wenn ich über den Zaun gestiegen wäre? Ich wollte nur einen Blick durch eines der Fenster werfen. Nein, das tut man nicht. Man betritt nicht einfach ein fremdes Grundstück, auch wenn niemand zu Hause zu sein scheint.

Fremdes Eigentum ist heilig. Fremdes Leben vor dem Gesetz höchstens selig, aber ich ging weiter, nach wie vor überzeugt, dass es eine Bedeutung hatte, dass ich das Haus finden durfte.

Gedankenverloren, während wir den Wegen folgten. Eine Schafherde kam uns entgegen und überquerte die Straße, zusammengehalten und gewiesen durch einen Border Collie. Ein Auto kam und blieb stehen. Hier hatten Schafe Vorrang. Ich beobachtete den Vorgang während es zu nieseln begann. Die Schafe wussten, dass es gut für sie war zusammenzubleiben. Der Hund und der Schäfer, sie waren nicht die Unterdrücker, sondern wie Wegweiser, die die Schafe zu einem sicheren Platz und üppigen Weiden führten. Sie wurden nicht in erster Linie beherrscht, sondern beschützt, so wie wir auf unserem Weg den Wegweisern folgten, ebenso beschützt und geleitet.

Rundherum entstand ein Rascheln. Regenschutz wurde ausgepackt und über die Menschen und die Rucksäcke gebreitet. Langsam wurde der Weg steiler und das Nieseln verwandelte sich in Regen, der vom Wind quer übers Land getragen wurde, doch wir gingen den Weg weiter, unbeirrt.

Der Gipfel war nebelverhangen und der Weg gerade für ein paar Meter sichtbar. So hantelten wir uns durch den Regen und den Wind von einem Wegweiser zum nächsten. Es sah nicht danach aus, als würde es bald nachlassen, doch wir mussten weiter. Der Weg, der nicht mehr als ein Trampelpfad war, wurde immer unsicherer, denn die Erde war aufgeweicht, der Boden rutschig, und der Wind kam in Böen, manchmal völlig unerwartet. Wir hatten den höchsten Punkt hinter uns gelassen und es ging wieder bergab, was den Gang noch schwieriger gestaltete. Jemand glitt aus, als wäre ihr der Boden unter den Füßen weggezogen worden. Hilfreiche Hände, besorgte Menschen waren sofort zur Stelle. Es war nichts passiert. Gott sei Dank war nichts passiert.

Das Wasser drang langsam durch den Regenschutz, durch die Kleidung bis auf die Haut. Es war nicht der Regen an sich, der uns zusetzte, sondern seine Nachhaltigkeit. Ein paar Menschlein, irgendwo auf dem weiten Land, auf das der Regen unbekümmert niederprasselte und den der Wind vertrug, ein paar Menschlein, der Witterung ausgesetzt, ohne dem letztendlich etwas entgegensetzen zu können. Es schien völlig irrelevant, dem Regen auf jeden Fall wo und worauf er sich ergoss. Es war ein Moment, der es schaffte mir meinen Platz zu zeigen, inmitten all des Großen, das uns umgab. Es änderte nichts, ob wir hier waren oder woanders, ob wir nass waren oder trocken, und doch war ich mir hier noch sicher, dass der Schutz da war, nur vielleicht ist es ab und zu notwendig die Grenzen zu sehen, auch seine eigenen. Alles schien bis jetzt nach Wunsch verlaufen zu sein, und es geschieht dann allzu leicht, dass man meint, man hätte es in der Hand, könnte den Umständen und dem Wetter befehlen.

Ein kleiner Stupser genügt, um einen wieder an den Platz zu verweisen, an dem man wirklich steht und vor Hochmut zu bewahren, und manchmal genügen nasse Füße.

21. Es bedarf so wenig ...

Schritt um Schritt ging es vorwärts. Mittlerweile war es egal, wie nass es war, nur noch ankommen, das war wichtig. Kurz hatte sich die Sonne blicken lassen, beinahe schon hämisch, doch sie verschwand gleich wieder, verschanzte sich hinter den Wolken. „Als wollte sie sich darauf vorbereiten die nächsten Tage umso mehr zu scheinen", entschlüpfte es mir hoffnungsfroh, doch meine Worte gingen im Prasseln des Regens und im Wehen des Windes unter.

Endlich erreichten wir die Herberge. Die Inhaberin sah uns, durchnässt und durchweicht wie wir waren, nahm sich unserer an. Rasch waren die Zimmer verteilt und die Heizkörper aufgedreht. Im ganzen Haus fand man nun nasse Kleidungsstücke verteilt, auf den Gängen und in den Zimmern. Es tat so gut aus den nassen Sacher herauszukommen, so gut das warme Wasser über den ausgekühlten Körper laufen zu lassen. Und dann, trocken und warm, fanden wir uns im Gemeinschaftsraum ein, in dem die Besitzerin Tee und Kaffee vorbereitet hatte.

Eine warme Dusche, trockene Kleidung, ein heißes Getränk und ein Dach über dem Kopf, das war alles, was es bedurfte um sich wie neu geboren zu fühlen.

Manchmal, wenn wir im Trockenen sitzen, umgeben von all den Sachen, derer wir schon längst überdrüssig sind, nicht gewahrend, dass es trocken ist, weil wir immer im Trockenen sitzen, nicht gewahrend, dass es warm ist, weil es immer warm ist, nicht gewahrend, was wir alles unser Eigen nennen dürfen, weil es immer da ist, sitzen und denken, was uns doch nicht alles fehlt in unserem Leben, was andere haben, was wir nicht haben, was uns entgeht, was anderen nicht entgeht, sitzen und sinnieren über das Überflüssige.

Doch wenn wir durchnässt ankommen, dem Regen endlich entkommen, wenn wir nicht etwas Fertiges vorfinden, sondern etwas, das für uns bereitet wird, ein warmer Heizkörper, der die nassen Sachen trocknet, weil wir sie für den nächsten Tag wieder brauchen, heißes Wasser, damit unser Körper wieder warm wird und zuletzt das gemeinsame Zusammensein mit einer heißen Tasse Tee oder Kaffee. Und der ist auch gut fürs Herz. Dann kehrt eine Geborgenheit ein, die wir vorher schon vergessen hatten.

Dann nehmen wir das Ankommen, das Heraustreten aus der Unwirtlichkeit in die Behaustheit, in all seiner befreienden Wirkung wahr und die Wärme von außen, dringt tief in uns ein, lässt uns aufleben.

„So wenig bedarf es um glücklich zu sein", sagte einer meiner Mitreisenden, und er fasste es zusammen, was ich eigentlich nur verschwommen wahrnahm. Warm, trocken und aufgehoben, das war es, und nur deshalb so fühlbar, weil es gerade eben nicht gewesen war, weil wir uns einen halben Tag durch den Regen und den Wind gekämpft hatten. Doch es würde auch wieder anders werden, wenn wir wieder vergessen haben werden, dass es auch anders sein könnte, wenn es wieder in Selbstverständlichkeit umschlägt.

Dann, so nahm ich mir vor, wollte ich mich an diesen Moment erinnern, an die Wärme von außen und von innen, an diese kleinen Dinge, an die Menschen, die es mit mir erlebten, an das Miteinander und die Geborgenheit.

Ich wollte mich daran erinnern, wenn der Alltag rau und wild ins Gesicht bläst, wenn diese Momente der Einsamkeit und Verlassenheit geschehen, dann würde ich mich erinnern an das Gemeinsame und das, was uns als Menschen letztendlich verbindet. Und ich spürte, wie ich auflebte, als zuletzt die Sonne sich zeigte und der Regen aufhörte. Es war nur kurze Zeit nachdem wir angekommen waren.

Und es war wie ein Fingerzeig, dass es wohl so sein sollte, um zu erleben was wirklich Wert hat für mich und Dich, was wirklich wichtig ist. Es war ein Erkennen dessen, was das Leben im Grunde ausmacht. Auch wenn es langweilig klingt – aber was kann am Glück schon langweilig sein?

22. Mahl-zeit

Ein wenig Zeit blieb noch, sich auszurasten vor dem Abendessen. Eine heiße Tasse Tee in der Hand, sah ich die Sonne vor dem Fenster. Es wurde geredet und gelacht und gescherzt, bis es Zeit war die wenigen Meter zum Pub hinüber zu gehen.

Ein kleiner Zaun führte zur Tür, ein schmiedeeiserner Zaun, der mit kleinen Gummistiefeln in bunten Farben verziert war, in denen Blumen gepflanzt wurden. Dem Regen und dem Wind trotzend, blühten sie und säumten den Weg zum Pub.

Das Pub selbst war klein und heimelig. Das dunkle Holz, das überall präsent war, machte es warm und gemütlich. Eine Dartscheibe hing an der Wand, Zeichen für geselliges Beisammen-Sein. Höchstens fünf Tische gab es und etliche Barhocker, die sich um die Schank verteilten. Wir wurden in den ersten Stock gebeten, wo drei große Tische, fertig gedeckt fürs Abendessen auf uns warteten. Wasser und Brot fand sich, und erst hier merkte ich wie hungrig ich war.

„Wasser ist auch gut fürs Herz", hatte der Kleine Prinz gesagt, an den ich gerade in diesen Tagen immer wieder denken musste.

Ob es wohl möglich ist in jener kindlich unvoreingenommenen Weise zu erleben? Ob es machbar wäre, hinter all die Verwirrungen des Geistes wieder zurückzutreten und das Sehen als ein unbelastetes zu erleben? So wie der Kleine Prinz, so wie kleine Kinder, das Leben und die Welt mit ihrem Staunen zu erfüllen und den Moment in seiner Einmaligkeit zu erleben, doch ohne das Erfahrene zu verleugnen. Ist es möglich den analytischen Verstand mit der sich öffnenden Emotion zu verbinden?

Wir alle waren Kinder bevor wir erwachsen wurden. Muss es denn wirklich sein, dass wir auf all das vergessen, was das Glück damals ausmachte? Warum legen wir so großen Wert darauf beides voneinander zu trennen?

Sicher erfordert die „Erwachsenenwelt" manches, was dem Kind fremd ist, und dennoch ist es letztlich unredlich Kinder in ihre eigene Welt mit ihren eigenen Regeln zu verdammen und sie aus der anderen Welt auszuschließen, unredlich, dass es überhaupt so etwas wie zwei Welten gibt innerhalb der einen Gemeinschaft.

Kinder stören, heißt es dann, weil sie laut sind und ungezügelt und vor allem in ihren Reaktionen zu undurchschaubar, doch vor allem halten sie sich nicht an den stillschweigenden Kodex, dass man manches nicht hinterfragt, weil es eben so ist wie es ist. Sie kratzen mit ihren Fragen an der allzu dünnen

Schicht, die sich Zivilisation nennt und lassen sie brüchig erscheinen.

Der Ausschluss des Kindes aus der Welt der Erwachsenen geschieht vor allem aus der Angst erklären zu müssen, was doch immer unerklärt bleiben sollte, aus der Angst vor den Fragen, auf die es keine vernünftige Antwort gibt, aus der Angst selbst betroffen zu werden und Rechtfertigung finden zu müssen, wofür es schon längst keine Rechtfertigung mehr gibt, aus der Angst selbst in Frage gestellt zu werden und damit die Fassade der Selbstverständlichkeit nicht mehr aufrecht erhalten zu können. Das macht Kinder so gefährlich für den, der sich nicht mehr Rechenschaft ablegen will, auch nicht für sein eigenes Verhalten.

Und das Essen wurde aufgetragen. Hier zu sein und das Essen zu genießen, im Miteinander, das war die einzige Aufgabe, die wir hatten, die einzige Aufgabe, die es jedem sein sollte, der sich niedersetzt zu einer Mahl-zeit und nicht bloß zum Essen. Sich nicht drängen zu lassen, nicht nur hinunterzuschlingen, sondern zu schmecken, zu riechen, wahrzunehmen, was wir essen, ohne Fernseher, ohne Zeitung oder sonst etwas, einfach da zu sein und das zu tun, was man eben in jenem Moment tut.

Da zu sein, denn nur das macht den Moment lebendig, zu einem Moment der erinnert wird, zu einem Er-leben. Alles andere versinkt in der Bedeutungslosigkeit und ist ein Moment der vergeht, ohne dass wir etwas davon wahrnehmen. so verwundert es nicht mehr, dass so viele das Leben als schal und leer empfinden, weil sie es sich selbst entleeren und schal machen.

23. Mit-einander

Nach dem Essen wanderte ich noch ein Stück die Straße entlang. Es war ein kleiner Ort, ohne viel Geheimnis. Eigentlich bestand er nur aus dieser einen Hauptstraße, die selbst nicht allzu lang war.

Bunte Häuser säumten diese und ließen den Ort allein durch ihre Farbenpracht lebendiger erscheinen, auch wenn kaum jemand auf der Straße war. Manche von der Gruppe folgten demselben Gedanken den Ort zu besichtigen, andere wiederum hatten sich bereits in ihr Zimmer zurückgezogen, vielleicht um ein Buch zu lesen oder Postkarten zu schreiben oder ihre Gedanken festzuhalten oder einfach um sich auszuruhen.

Ich beschloss wieder ins Pub zurückzugehen. Dort hatten sich schon einige derer versammelt, die sich noch nicht zurückziehen wollten, die den Tag noch ausklingen lassen wollten in diesem Mit-einander.

Auf dem Tisch fanden sich Bier- und Whiskeygläser, manche noch gefüllt, andere bereits geleert, je nach dem Zeitpunkt des Eintreffens dessen, der das Getränk bestellt hatte. Und immer wieder kam jemand dazu, wurde freudig begrüßt in der Runde. Sesseln wurde dazugestellt, so dass jeder seinen Platz hatte. Bald darauf trafen die Musiker ein und nahmen an dem Tisch Platz, der für sie reserviert war.

Irland gilt als das Land der Musik, was sich auch im Wappen wiederspiegelt, in dem sich die Harfe findet. Damit ist Irland das einzige Land, das ein Musikinstrument im Wappen trägt. Viele finden sich mit heroischen Werkzeugen, mit Hammer und Sichel, mit Symbolen der Arbeit, des Krieges und der Größe, die Tapferkeit, Mut und Einsatzfreude ausdrücken, doch all diese Dinge werden alleine absolviert.

Jeder arbeitet letztlich für sich allein, jeder kämpft für sich alleine, doch bei der Musik kann man nicht alleine sein. Es braucht einen der die Musik macht und einen, der sie hört, der sie sich nahegehen lässt. Musik verbindet und setzt den Menschen in Bewegung, auch wenn er dabei ruhig sitzt, denn die Musik versetzt das Wasser in uns zum Schwingen. Deshalb können die meisten Menschen auch nicht ruhig sitzen, wenn sie Musik hören. So bedeutet Pub in Irland mehr als Whiskey und Bier trinken, es bedeutet lebendiges Mit-einander.

Die Musiker genießen Achtung und haben deshalb einen eigenen Tisch, und wehe jemand anderer setzt sich in diese Ecke für die Musiker. In Irland darf jeder Musik machen in einem Pub, der sich dazu berufen fühlt, ganz gleich wie gut oder schlecht diese ist, immer wird der Künstler gebührend gelobt, denn seine Darbietung ist ein Beitrag für das Mit-einander, und allein das genügt es zu loben.

So saßen wir in unserer Runde, und die Musik belebte den Raum. Wir wurden aufgefordert mitzumachen, mitzusingen und Lieder aus der Heimat zum Besten zu geben, so dass man das Eigene nicht für sich behielt, sondern sich mit den anderen darüber austauschte und so Erweiterung erfuhr, Landes- und Sprachgrenzen ihrer Gültigkeit beraubend, indem man den anderen Einblick gewährte und Teil haben ließ.

Und nirgends ist das leichter möglich als bei der Musik, wo das sprachliche Verstehen nicht unbedingt das ausschlaggebende ist, sondern auf einer Ebene erfolgt, die keiner Sprache bedarf.

Es hatte geregnet, an diesem Tag. Wir waren nass und hatten gefroren und die Unwirtlichkeit des Landes erlebt, aber auch ein Ankommen, ein Miteinander, Geborgenheit und ein Angenommensein. Vielleicht hätten wir das alles nicht erlebt, wenn der Regen nicht gewesen wäre, oder zumindest nicht in solcher Intensität.

Es war gut, auch der Regen.

24. Die vielen Zugänge zum Glück

Als wäre nichts gewesen. Unbewegt zeigte sich das Wetter von seiner besten Seite am nächsten Morgen. Als wäre es niemals anders gewesen. Stumm und verlässlich war die Sonne, und die Wolken hatten sich verzogen. Dennoch hatte es etwas verändert. Es hatte seine Selbstverständlichkeit verloren und war Anlass zur Freude, auch wenn es nur ein kleines Lächeln war oder aber auch ungezwungenes ausgelassenes Begrüßen.

„Seht nur, die Wolken haben sich verzogen", hörte man allenthalben. „Und die Sonne scheint", tönte es von einer anderen Seite. „Es ist eine Begrüßung, die uns berühren sollte, denn es kann auch ganz anders sein, wie wir erlebten", meinte jemand anderer nachdenklich. Und es war so. Wenn man die Selbstverständlichkeit, die bedingungslose Erwartung abstreift, dann findet man wieder zur Freude über Dinge, die man vielleicht sonst nicht beachtet hätte.

Gemeinsam machten wir uns auf den Weg, gingen die Hauptstraße entlang, die ich am Abend zuvor bereits inspiziert hatte. Das Bild hatte sich verändert. Der Abend vermittelt eine andere Stimmung als der Morgen. Der Morgen ist, getaucht in den sanften Schein der Sonne, die sich auf den Weg machte, so wie wir, eine Verheißung und ein

Angebot. Was er uns wohl bringen wird, dieser Tag? Was sich uns auf unserem Weg zeigen wird? Lassen wir uns doch einfach darauf ein, je für sich, und dennoch im Gemeinsam.

Gemeinsam ergriffen wir dieses Geschenk, das auch dieser neue Tag bedeutet. Der Schlaf hatte uns umschlungen gehalten und wieder freigegeben. Nicht einmal das versteht sich von selbst. Manchmal wird jemand im Schlaf behalten. Der neue Tag wird ihm nicht mehr, und jedes Mal, wenn sich die Umschlingung auflöst und wir dieses Neue als Geschenk dargereicht bekommen, ist es wie ein kleiner neuer Beginn mitten im Leben.

Wieviel verschenken wir, indem wir nichts weiter damit anfangen zu wissen als zu jammern und zu lamentieren? „Es ist doch wieder bloß eine Mogelpackung", bekomme ich dann gesagt, oder „Was kann denn nur an einem Montag – wahlweise kann auch jeder andere Wochentag eingesetzt werden – gut sein?"

Dabei hat doch der Tag an sich, jeder einzelne davon, ganz gleich wie wir ihn einteilen, das Potential der schönste unseres Lebens zu werden, doch wenn wir allein die Möglichkeit von uns weisen, dann wird er es mit absoluter Sicherheit nicht. Der Tag selbst trägt nur das Potential in sich. Ob wir es ausschöpfen oder nicht, das liegt allein an uns. Niemand ist dafür verantwortlich, außer uns selbst.

Aber vielleicht fällt es auch einfach leichter sich einzulassen, wenn sonst nichts fordert und nichts beschwert, wenn man weitab von allen Verpflichtungen. Eine Ausnahmesituation, wenn man aussteigt aus der Alltäglichkeit, doch was hindert daran dieses Erfahren mitzunehmen. Auch wenn es nur ein kleines Stück davon ist, dann haben wir schon viel gewonnen. Ein kleines Glück und ein wenig mehr Zuversicht, inmitten einer Welt, die die Zuversicht verloren hat und an das Glück nicht mehr glaubt, weil sie meint, dass Glück immer groß und übermächtig und atemberaubend sein muß. Doch das ist es nicht. Es kann klein und unscheinbar sein, wie die Blüte, die zwischen Grashalmen durchblitzt und nur gesehen wird, wenn man sich Zeit nimmt und ganz genau hinsieht.

Gemeinsam begannen wir einen neuen Weg, den noch niemand von uns zuvor gegangen war. Und wir traten ihn an, offen und voll Zuversicht, jeder für sich, und allem im Gemeinsam.

Der Beginn war vielversprechend. Und als wir die Kirche betraten, aus dem Licht in das Dämmerlicht, zart durchflutet von den Farben der bemalten Fenster, die auch die Sonne zum Leben erweckte, vom Warmen ins Kühle, von der Offenheit in die Behaustheit, unserer Freude und unserer Zuversicht Ausdruck zu verleihen, bei dem Du, das mehr als alles ist. Und da wurde die Freude und Zuversicht nochmals von etwas Größerem umgriffen und verstärkt, mitnehmend und lebend. Einladung und Aufforderung in einem. Ein weiterer Zugang zum Glück.

25. Hoch hinaus

Wir ließen es hinter uns, Cloghane und den letzten Abend, denn es galt vorwärts zu gehen. Wir hatten ein Ziel, und mit dem ersten Schritt, den wir in seine Richtung setzten war auch der Beschluss definitiv. Unser Ziel hieß Mount Brandon. Mit seinen 950 m vielleicht für einen Westösterreicher nicht unbedingt als großer Berg zu bezeichnen, und doch galt es ihn zu bezwingen.

Wobei, bezwingen doch ein äußerst starkes Wort ist für einen kleinen Menschen. Der Berg ist seit undenklichen Zeiten an seinem Platz. Die eine oder andere Veränderung hat er wohl erfahren, aber innerhalb einer Zeitspanne, die für einen Menschen vielleicht berechenbar, aber letztendlich nicht verstehbar ist. Der Berg war, noch lange bevor wir waren, und er wird sein, noch lange nachdem wir nicht mehr sind. Er hat seine Höhe, seine Ausdehnung und seinen Platz. Schafe, Hasen und auch anderes Getier, wie z.B. ein paar Menschlein, gehen über ihn hinweg, und es ist ihm letztlich egal was sich auf ihm bewegt oder was auf ihm wächst. Er bleibt. Es ändert auch nichts an seinem Dasein.

Und dann kommt so ein Mensch und behauptet ihn zu bezwingen, als könnte er ihn in die Knie pressen, als wäre er der Herrscher, dem er sich zu unterwerfen hat. Denk nur daran, es genügt oft, dass sich das Wetter ändert, und schon ist dieses kleine

Menschlein viel demütiger und spricht nicht mehr vom Bezwingen, sondern nur mehr davon es einfach heil überstanden zu haben, möglicherweise mit dem Leben davongekommen zu sein. Das zeigte sich schon alleine daran, wie wenig von dem Berg für uns zu überblicken war. Bloß ein kleiner Teilabschnitt. Selbst das, was hinter der nächsten Biegung war konnten wir nicht erahnen.

Doch sobald wir unseren Sprachduktus ein wenig ändern, bloß ein klein wenig, wenn wir aufhören vom Bezwingen zu reden, sondern vom Entdecken, dann erhält das Erleben selbst eine ganz andere Qualität. Wenn wir nicht mehr meinen Eroberer sein zu müssen, sondern jemand, der Neues erfahren will, entdecken und auch bestaunen, dann wird sich uns ein ganz anderes Bild zeigen, eines von Harmonie und Gemeinschaft, in der wir ein Teil sind, der seinen Platz hat, seine spezielle Größe und seinen Sinn.

So nahmen wir den Weg an, über Wiesen und Felder, und natürlich immer an den Schafen vorbei, die sich nicht im Mindesten stören ließen, folgten dem Weg, der sich bergauf schlängelte, folgten Kehre um Kehre, immer vorwärts. Um doch auch das Innehalten nicht zu vergessen, und nachdem wir die erste Anhöhe erreicht hatten, konnten wir einen Teil des Tales überblicken, mit dem Ort, Cloghane, den wir hinter uns gelassen hatten, einen kleinen Wald, von dem wir ohne diesen Ausblick nicht gewusst hätten, dass er da ist, einen See, der sich an das Ende des Tales schmiegte.

Das Bild, das wir zunächst nur bruchstückhaft wahrgenommen hatte, formte sich zu einem Ganzen, wobei dieses Ganze auch nur wieder Teil eines Größeren war, das wir noch nicht zu übersehen vermochten. Mit jedem Schritt hinauf, wurde das Bild weiter, um zu erkennen wie eingeschränkt unser Blickwinkel doch ist, so lange wir in den Niederungen verharren. Dennoch meinen wir, es sei das Ganze.

Immer sind wir davon überzeugt, dass das, was wir sehen, bloß mit den Augen sehen, das Ganze ist, weil wir uns so leicht begnügen, uns von uns selbst begnügen lassen oder einfach gerne verharren in einem Bild, das wir uns einmal zurecht gelegt haben. Es soll gefälligst so bleiben wie es ist, am besten für immer.

Doch wenn wir anfangen hinaus zu gehen und unseren Schritt nach oben zu lenken, dann wird uns ein neues Bild geschenkt, ein weiteres, umfangreicheres, das vorher nicht da war, und wir können das alte erweitern, ergänzen, und wir sehen, das alte fügt sich in das neue, auch wenn sich anderes ändert.

 Es führt dazu uns selbst in die Weite zu führen, weiter und offener zu werden, für das, was sich uns zuspricht, was sich uns schenkt. Und aus jemand,

der meint in seiner Wahrnehmung fertig zu sein,
wird ein Annehmender, wenn wir uns entschließen
Hoch hinaus zu wachsen.

26. Das Erfahren ist immer das Geringe

Unter uns lag das Tal, doch noch trennte uns ein weites Stück vom Gipfel. Wir sahen das Tal mit dem Ort und dem Wald und dem See unter uns, den Gipfel und den Weg, der noch vor uns lag über uns, und zu rechter Hand ragten schroffe Felsen wie Beulen aus dem Berg, überhängend und gefährlich. Zumindest erschienen sie uns so, wenn wir von unten hinauf blickten. Es wirkte, als wären diese Felsen vor unermesslich langer Zeit ein Teil eines sanften Abhanges gewesen, so wie dieser, über den uns unser Weg führte, doch Wasser und Wind hatten sie unterhöhlt, ausgeschwemmt, so dass diese Felsen blieben, die scheins zusammenhanglos aus dem Berg ragten.

Es war interessant zu betrachten von unserem sicheren Weg aus. Immer noch ging es bergauf, und links neben uns öffneten sich wiederum die Felsen und gaben den Blick frei auf einen weiteren See, der kleiner war, als der im Tal, doch näher, der dennoch mit dem unteren zusammenhing und diesen speiste, quasi als Zwischenlager für das Wasser, das sich vom Berg hinabschlängelte.

Gerade eben gab es diesen See für uns noch nicht, und jetzt war er da. Sicher, er war schon immer da gewesen, doch wir wussten es nicht.

Wie wenig wir doch wissen, doch so lange wir den Ausblick nicht wagen und auch nicht den Aufstieg, bilden wir uns unverdrossen ein, dass unser Wissen viel ist, und doch umfasst es nicht einmal den kleinsten Teil. Das einzige, was noch kleiner ist als unser Wissen ist unser Erfahren.

Wie viele solche Aufstiege wären möglich, und doch halten wir uns lieber in der Ebene auf und vermeiden das Erfahren. Wohl auch, weil es uns an unsere Grenzen führt, an die rein physischen, denn es zeigt uns wie begrenzt unser Leben ist, vom Anfang bis zum Ende und wie wenig wir davon dem Erfahren widmen. Eigentlich, so könnte man sagen, ist jedes Erfahren auch ein Hinweis auf unsere Unzulänglichkeit, da das Erfahrene immer nur ein Bruchteil dessen ausmacht was erfahrbar wäre. Oder wir sehen uns als beschenkt, indem wir zumindest den Teil erfahren, der uns zeitlich und räumlich zugänglich ist, und vielleicht geht es nicht um das Wie-Viel des Erfahrens, sondern mehr darum, dass wir das, was wir erfahren auch als solches annehmen.

Nicht ein rasches Darüberhinwegfegen, nicht ein geistesabwesendes Darüberstreifen, nicht ein Erfahren-lassen, indem wir uns durch irgendwelche Medien Erfahrungen zeigen lassen. Natürlich ist es bequem vor dem Fernseher oder dem Laptop zu sitzen einen Film über den Mount Brandon zu sehen. Sicherlich, wir wissen dann auch wie es hier aussieht, vielleicht noch mehr als wenn man dort ist, weil alle Seiten gezeigt werden, nahtlos und ohne Kanten, und doch, es bleibt ein Erfahren außerhalb unserer Selbst, ein Fremd-Erfahren, denn der Film gewährt uns einen Blick darauf, bietet vielleicht auch noch Hintergrundinformationen, aber er kann nicht vermitteln, wie die Luft sich atmet, wie der Wind weht, wie die Geräusche sind, die einen umgeben.

Er vermag nicht einzufangen, wie sich der Körper anfühlt, wenn er den Aufstieg bewältigt und nicht wie die Steine unter den Schuhen knirschen. Er vermag das Erfahren nicht zu einem Erleben zu machen, sondern nur zur Wiederholung einer Erfahrung, die uns nicht gehört und die wir uns auch nicht anzueignen vermögen, denn selbst das Erfahren des Filmenden ist kein authentisches mehr, weil es einen bestimmten Zweck verfolgt, gezielt darauf ausgerichtet ist zu gefallen und auf das Wesentliche reduziert, komprimiert in einen 90 min Dokumentarfilm.

Und auch, wenn das Erleben immer das Geringe ist, das erlebte Erfahren, so ist es doch eines, das wir uns gehend, sehend, riechend und atmend aneigneten und annahmen.

Das Erfahren ist immer das Geringe, aber das erlebte Erfahren innerhalb der engen Begrenzungen ist das Erweiternde.

27. Das verirrte Schaf

Und wir folgten dem Weg, der uns immer weiter und weiter empor führte, während sich ein dritter See, nochmals kleiner als der zweite, sehen ließ, zwischen den Felsen zu unserer Linken, während die Felsen rechts von uns sich immer noch spektakulär aus dem Berg zwangen, verweisend, wegweisend, als wir plötzlich etwas entdeckten, an der äußersten Spitze eines solchen verwegenen Felsens. Zunächst dachten wir wohl, es wäre möglicherweise nur eine Verfärbung des Felsens.

Aber weiß? Sicher, es fanden sich die verschiedensten Grau-Schattierungen. Als nächstes kam uns der Gedanke, dass es vielleicht Schnee sein könnte, ein kleiner Batzen liegengebliebener Schnee. Aber Schnee, in dieser Gegend, noch dazu, an solch einer exponierten Stelle? Nein, das war ganz unmöglich. Ein paar Schritte weiter, ein wenig näher dem Felsen, und wir wussten, es war ein Schaf, ein kleines, verirrtes Schaf.

Doch wie war es dorthin gekommen? Vielleicht hatte es einen Weg gefunden über die scharfen Kanten, den es jetzt nicht mehr zurück konnte. Es stand da und fraß, was eben Schafe immer tun. Doch was, wenn der letzte Grashalm zwischen den Steinen weggefressen sein würde? Dann würde es erst bemerken in welch einer ausweglosen Situation es sich befand. Dann erst würde es merken wie rettungslos verloren es dort vorne wäre, auf diesem Felsvorsprung. Es würde dort stehen und nicht vorwärts und zurück können.

Hilflos und mutterseelenallein. Es würde verzweifeln und letztlich womöglich abstürzen. Es würde sich den Hals brechen, und niemand würde es bemerken. Viel später erst, wenn der Bauer einmal vorbeikäme um nach seinen Schafen zu sehen, die hier überall verstreut waren, doch dann würde es bereits viel zu spät sein.

So war es wohl in der Natur. Leben und Sterben, und doch, wir wollten uns nicht einfach so abfinden mit dem, was halt war in der Natur. Leben und Sterben, so nahe beieinander. Gerade eben frisst es noch um sich am Leben zu halten, und dann wird es tot dort liegen, einfach so, und niemanden würde es bekümmern.

Wir mussten eingreifen, doch wie sollten wir das tun? Vielleicht fänden wir den Weg, der zum Schaf führte, den auch dieses gefunden hatte, als es sich in diese ausweglose Lage brachte, doch was dann. Selbst wenn wir es erreichten, was sollten wir dann tun, denn wenn das Schaf den Weg zurück nicht mehr gehen konnte, wie sollten wir es dann schaffen, noch dazu mit einem Schaf, das es zu retten galt.

„Warte, wir wollen noch ein Stück weitergehen, um zu sehen, ob sich nicht doch eine Möglichkeit eröffnet", versuchten wir uns aufzumuntern, und mit gesteigertem Elan, mit der Beherztheit dessen, der bereit ist einen anderen aus höchster Not zu erretten, gingen wir den Weg weiter. Immer wieder wanderte unser Blick zu dem Felsvorsprung und zu dem Schaf, das immer noch, völlig ungerührt das Gras zu seinen Füßen abzupfte, als wäre alles in Ordnung in seinem Schafleben. Nun, es hatte schließlich auch keinen Weitblick. Es machte sich weder Sorgen noch Gedanken, nicht einmal um sich selbst.

Immer noch, mittlerweile der Spitze des Felsvorsprungs gegenüber, sahen wir keinen Ausweg. „Noch ein Stück weiter", drängte ich, während Du mir folgtest, gleichzeitig auf den Weg achtend um nicht zu straucheln und den Felsvorsprung fieberhaft nach einem Ausweg absuchend, als wir den Felsen endlich von der anderen Seite sahen.

Verblüfft hielten wir inne, denn diese andere Seite war weder besonders steil noch holprig, sondern er lief in eine Wiese aus, eine kleine schmale zwar, aber immerhin. Auf diesem Weg war das Schaf gekommen, und es würde auf diesem ebenso bequem wieder wegkommen. Und mit einem Schlag wurde uns klar, dass unsere Sorge völlig umsonst war, und das Schaf alles andere als verloren oder verirrt.

Erst wenn man das Ganze sieht kann man eine Situation richtig einschätzen. Erst wenn man jede Seite sieht kann man sich ein vollständiges Bild machen. Wie leicht man sich doch täuschen lässt und den Ausschnitt für die Wahrheit nimmt.

28. Bis zur obersten Kante

Es war nicht leicht zu beurteilen. Hatten wir uns einfach zu schnell Sorgen gemacht ohne zu erkennen? Oder hatten wir diesem Schaf einfach zu wenig zugetraut, jedenfalls nicht einmal so viel, dass es sich ohne Notwendigkeit in eine ausweglose Situation begeben sollte? Schließlich verbrachten diese Schafe ihr ganzes Leben auf diesem Berg. Hatten wir denn wirklich angenommen, dass es so dumm wäre sich in eine solche Lage zu bringen?

Sicher, wenn es verfolgt würde, um sein Leben lief, dann könnte es schon mal sein, dass es womöglich den Kopf verlöre, aber hier hatten die Schafe keine Feinde. Der Instinkt trieb sie in die richtige Richtung, ließ sie Stellen umgehen, die wohl wirklich gefährlich waren. Dennoch war da so etwas wie Erleichterung, dass das Schaf nicht in Lebensgefahr schwebte, während wir unseren Weg fortsetzten, und wir neben dem vierten See, dem letzten und kleinsten vorbeigingen, innehielten, uns über das klare Wasser beugten und unser Spiegelbild im Wasser sahen, als hätten wir so etwas noch nie gesehen.

Kristallklar war dieses Wasser, frisch und gereinigt, wie es dem Berg entsprungen war, und jetzt übersahen wir alle vier Seen, die wie auf Stufen gebettet, über den Abhang verteilt waren bis hinunter ins Tal, und zwischen den Seen floss hurtig ein kleiner Bach, die einzelnen Seen verbindend.

Zwischen den Felswänden lagen sie eingebettet, und erst von hier heroben waren sie vollständig überschaubar. Kleine Wassergeister stellten wir uns vor, die sich im Wasser tummelten und Nixen. Ein wunderschönes Naturschauspiel, aufgeheitert durch die menschliche Phantasie. Solche Wesen gibt es nicht? Das macht nichts, es genügte die Vorstellung uns noch heiterer zu stimmen als die Sonne es ohnehin schon tat und die Endorphine, die sich in uns tummelten, wachgerüttelt durch die Bewegung.

Vier Seen überblickten wir, und das Tal mit dem Ort und dem Wald, die mittlerweile in weite Ferne gerückt waren, wenn wir nach unten sahen, und das letzte Stück, das es zu überwinden galt, wenn wir nach oben blickten. Links von uns war nun nur mehr ein steiler Abhang, voller Geröll, und wenig bewachsen, und rechts verlief eine Wiese. Ein letztes steiles Stück war noch zu überwinden.

Langsam wurde es spürbar, der lange Fußmarsch, den wir bereits hinter uns hatten, der Rucksack, den wir mittrugen. Nicht, dass wir uns die Laune deshalb verderben ließen, nicht, dass wir das Lachen verloren hätten, aber es ging ein wenig langsamer. Der Kies rutschte unter unseren Füßen weg, und es galt genau zu achten wohin man trat.

Ein kurzes Innehalten. So ein langer Weg lag bereits hinter uns, und dann diese paar wenigen, letzten Schritte. Einen um den anderen setzten wir, gezielt plaziert. Wir sahen uns schon oben, und doch, nur noch wenige Schritte, zwei, drei Biegungen vielleicht noch, und gerade hier schien es immer enger zu werden, als würden uns die Felswände entgegenwachsen. Enger, statt weiter.

Ein paar Schritte nur mehr, doch nach diesen paar Schritten wurde erkennbar, dass noch ein paar Schritte notwendig waren. Also gut, Diese wenigen Schritte noch, und dann würde es geschafft sein.

Noch ein Blick zurück. All das waren wir hinauf gegangen, und dabei war es doch nichts anderes, als einen Fuß vor den anderen zu setzen, immer und immer wieder. Schritt um Schritt, zügig und doch nicht überhastet, zielorientiert und doch nicht eingeengt in der Wahrnehmung. Jetzt war es so nahe, diese wenigen Schritte, dann wäre es geschafft. Die letzten Meter waren die steilsten.

Das Ziel schon zum Greifen nahe, und es war, als wären diese letzten Meter, bloß diese letzten Meter die schwierigsten, und dann war die Kante, noch zwei Schritte, dann wäre es erreicht. Die Augen fixiert auf diesen letzten steinigen Vorsprung, und erst als ich sicher oben stand hob ich den Blick.

29. Die andere Seite

Noch ein letzter Schritt, dann wäre es geschafft, dann wäre der beschwerliche Aufstieg bestanden - und dann tat ich diesen letzten Schritt, und wo gerade eben noch nackter Fels vor meinen Augen war, wo ich nichts sah, als dieses unmittelbare Grau vor meinen Augen, da war plötzlich eine Weite, die mir im ersten Moment die Sprache verschlug, und mir doch unwillkürlich einen Laut des Staunens und der Verwunderung entlockte.

Das war mehr als dass sich unwillkürlich eine Öffnung zeigte, das war die Öffnung an sich, nicht nur den Blick auf eine Weite aufschloss, sondern das war die Weite an sich, und worauf auch immer ich gefasst war, was auch immer ich mir ausgemalt hatte, es wurde nicht nur bei Weitem übertroffen, es war ein Bestehen an sich.
Ich stand an der Kante, und das Land lag vor mir, schlicht und einfach, doch es war weithin überschaubar, bis zum Meer, über das Meer noch hinweg bis zum Horizont. Nichts war mehr, was meinen Blick hemmte, und es war, in jede Himmelsrichtung, ganz gleich wohin ich mich wandte, Ausblick und Zugang und Vernehmen.

War das denn wirklich wahr? Ich ging diesen einen letzten Schritt nochmals zurück und wieder nach vorne. Es war und es war nicht, oder es war nicht und mit einem Mal war es.

So war es wohl den Menschen in Platons Höhlengleichnis ergangen, dachte ich, während ich ein ums andere Mal den Schritt zurück und nach vorne setzte, als sie es vermochten sich von ihren Fesseln zu befreien und hinter das Feuer zu treten, als sie erkannten, dass das, was sie bisher wahrgenommen und als wahr genommen hatten, nichts weiter war als bloße Schatten, dass die Realität eine andere war.

Vorspiegelung und Illusion, und dass doch nichts weiter notwendig war als dieser eine Schritt, ein lächerlicher Schritt um die Vorspiegelung und die Illusion zu durchschauen.

Und diese Fesseln liegen auch um uns, Fesseln, die wir uns selbst angelegt haben, um den Vorspiegelungen und Illusionen verhaftet bleiben zu können. Und doch ist es nichts weiter als eine Ausrede um der Verantwortung zu entgehen, bloß der Verantwortung für unser eigenes Leben. Wenn wir uns verkriechen hinter vorgekauten, immer und immer wieder wiederholten Glaubenssätzen, bis sie so fest in einem verankert sind, dass man nicht in der Lage ist sie zu hinterfragen. Dabei müssten wir doch nichts weiter tun, als die selbst auferlegten Fesseln abzustreifen und einen Schritt zurückzutreten, nichts weiter, als uns aus der verlockenden Verantwortungslosigkeit zu lösen und unseren eigenen Sinnen, unserem eigenen Wollen zu vertrauen.

Nur diesen einen Schritt, und die ganze Fülle als Fülle, die ganze Weite als Weite, würde sich uns widerspruchslos eröffnen, als wäre es niemals anders gewesen, als hätte sie nur darauf gewartet endlich gesehen zu werden, endlich wahrgenommen und für wahr genommen zu werden.

"Willst Du mit mir gehen?", frage ich Dich unvermittelt, nachdem ich diesen Schritt gesetzt habe, doch Du siehst mich nur mit großen Augen an, weil Du es nicht verstehst, weil Du nicht weißt, was ich von Dir will, weil Du meinst, dass es zu viel ist, was ich Dir abverlange, immer zu viel, unmenschlich viel.

Dabei wäre es nur dieser eine Schritt. Nichts weiter. Du tust ihn nicht, weil Du Angst hast, nicht davor enttäuscht zu werden, sondern davor, dass ich recht habe und dass Du dann einsehen musst, dass Du Dein ganzes Leben in einer Starre verharrt bist, die Du Dir selbst zuzuschreiben hast. Dabei wäre es so leicht zu ändern gewesen, doch das, das willst Du nicht wissen. Davon willst Du nichts wissen.

Du bleibst, und Deine Hand entgleitet der meinen, denn so wie Du nicht gehen kannst, so kann ich nicht länger bleiben, weil ich hinter die Erfahrung, hinter das Erfahrene nicht mehr zurück kann, weil ich nicht mehr die bin, die ich war, bevor ich diesen einen Schritt mehr tat.

Du blickst mir nicht einmal hinterher, denn Dein Blick bleibt starr auf die Vorspiegelungen und Illusionen gerichtet, während ich in den hellen Sonnenschein hinauszutreten vermag.

Und während wir den Bergkamm erklimmen, bis zum Gipfelkreuz bleibt die Weite um mich und in mir.

30. Der Abstieg

Beim Gipfelkreuz angelangt, legten wir eine Rast ein. Manche lagerten sich auf der Wiese und packten ihre Jause aus. Andere wiederum umrundeten das kleine Plateau rund um das Gipfelkreuz, in aller Stille und für sich.

Unter dem Kreuz lag ein Rosenkranz, ein wenig verdeckt unter Steinen. Eingehend betrachtete ich ihn. Es war wohl ein billiges Exemplar aus kitschigen lila Plastikkugeln, gefertigt in China, doch ganz gleich was sein Materialwert war, er kam von jemandem, der uns und allen anderen, die nachkommen würden, signalisieren wollte, dass auch er die Weite erfahren hatte, und doch keine Verlorenheit, sondern ein Aufgehoben-sein in etwas, das selbst diese Weite nochmals umfasst und umspannt, so dass es keine Endlosigkeit bedeutet, sondern eine vertraute Weite, die auch Geborgenheit zulässt.

Ich weiß nicht wer es war, der diesen Rosenkranz hier hinterlegte, und ich werde es auch niemals erfahren, aber über alle Grenzen und Schranken, alle ethnischen und geographischen Unterschiede hinweg, wusste ich, es war jemand, der diesen Aufstieg auf sich genommen hatte, genau wie ich, es war jemand, der den Schritt, den einen, nicht scheute um in das Erfahrbare zu gelangen, es war jemand, mit dem mich dieses eine verband, das doch auch zugleich so viel war.

Ein kleines Zeichen, unscheinbar und leicht zu übersehen, und dennoch verbindend, über die Zeit und den Raum hinweg, über die Verlorenheit in der Vereinzelung und über jede sonstige Barriere, die wir Menschen so gerne zwischen uns aufbauen.

Statt nach dem Verbindenden zu suchen, es sehen zu wollen, unterstreichen wir viel lieber das Trennende, reden darüber, bis es bis ins Letzte durchgekaut ist, und wir unweigerlich zu dem Schluss kommen müssen, dass es nichts gibt, was uns verbindet.

Dabei wäre es so einfach, wenn wir nur wollen. Das Verbindende ist zunächst das Mensch-sein an sich. Als Menschen verstehen wir, dass es gut ist Miteinander zu sein und nicht auf sich allein gestellt.

Als Menschen verstehen wir, dass es mehr Verständigungsmöglichkeiten als die Sprache gibt, dass wir einen Weg gehen können und ein Lächeln viel mehr bewirken kann als viele Worte.

Als Menschen verstehen wir, die Trauer und den Schmerz, die Liebe und das Glück, verstehen wir den Ausdruck des Menschlichen.

Vielleicht haben wir eine andere Sprache, eine andere Hautfarbe, eine andere Religion, eine andere Herkunft, eine andere Tradition, aber wenn wir diesen Weg gehen, dann gehen wir ihn im gemeinsamen Erleben. Mehr braucht es nicht.

Die Notwendigkeit einer tiefgreifenden Übereinstimmung wir ad absurdum geführt, ob der Schlichtheit eines eingeschlagenen Weges.

Und wenn wir nun den Abstieg antreten, dem entgegengehen, was wir in seiner Weite von oben herab im Ganzen gesehen und überblickt haben, dann gehen wir hin um in Begegnung zu treten, Nähe zu schaffen, wo zuvor nur Ferne war.

Es ist gut Abstand zu gewinnen, ab und an, wegzugehen, um die Ganzheit zu überblicken. Es ist gut wieder zurückzukehren um das Verstandene in Lebendlichkeit umzusetzen. Und man muss ab und an fortgehen um wieder ankommen zu können, um wieder Willkommen gehei-en zu werden.

Und es ist der Name, der uns klingt, der uns meint, immer je in meinem Eigen-sein. Und so gingen wir den Weg hinab, zwischen den Weiden und den Schafen, zurück nach Ballydavid, und als wir auf die Straße einbogen, auf der wir gekommen waren, begann meine Freude auf etwas ganz Bestimmtes.

31. Das Haus aus meinem Traum

Ich erkannte sie sofort wieder, die Straße, auf der ich erst am Tag zuvor diese erstaunliche Entdeckung gemacht hatte, erkannte die Schule wieder, an der wir vorbeigegangen waren, dann das Pub zur linken, gegenüber der Abzweigung, und dann waren es nur noch wenige Meter, dann kam es, das Haus aus meinem Traum.

Ich erwartete es, und ein wenig hatte ich wohl auch Angst, dass es sich als Trugbild herausstellte, trotz allem, doch nur ein Trugbild, aber nein, es war da, so wie ich es seit diesem Traum in meinem Kopf behalten hatte, und um die sich eine ganze Geschichte spann.

In meinem Traum hatte in eben jenem Haus, das ich noch nie zuvor gesehen hatte, eine Begegnung stattgefunden. Ich war hingefahren, mit dem Schlüssel in der Hand. Wie ich zu dem Schlüssel oder zu dem Haus gekommen war, wusste ich nicht, und im Traum fragte ich nicht danach. Es schien einfach ganz normal zu sein, dass ich diesen Schlüssel zu meinem Haus in Händen hielt, doch ich konnte es noch nicht lange gehabt haben, denn es befand sich nichts weiter darin als eine Couch und ein Kühlschrank, und obwohl es ein wenig abwegig anmutete, so schien auch das die einzige Möglichkeit zu sein, als wären es die wichtigsten

Dinge, die man in einem Haus benötigt, oder sie waren von den Vorbesitzern übrig geblieben.

Ich fuhr mit dem Auto hin, stieg aus, schloss die Haustüre auf und ging hinein. Dann kamst Du. In meinem Traum kannte ich Dich, auch wenn ich nicht wusste wer Du bist, auch wenn ich Dir außerhalb dieses Traumes noch nie begegnet war, doch da warst Du als der Mensch, der in meinem Traum sein musste.

Doch warum hatte mich nun das Schicksal hierhergeführt, hatte es mir das Haus gezeigt, es mich entdecken lassen. Es musste mehr sein als mir damit sagen zu wollen, ja, das Haus aus Deinem Traum gibt es wirklich, mehr, als dass ich nun die Gewissheit hatte, dass Traum und Leben in eins zu greifen vermögen.

Doch was nutzte mir dieses Wissen? Gewiss gehörte dieses Haus nicht mir, und hier war ich doch nur auf der Durchreise, denn die Menschen, die ich liebte, die mir zu Hause ausmachten, die waren dort, wohin ich auch wieder zurückkehren würde. Aber vielleicht war es Hinweis darauf, dass es im Leben immer wieder Veränderungen gibt, auch wenn es womöglich noch Jahre dauern würde, aber nichts muss für immer so bleiben wie es ist.

Was auch immer sein mochte, es kann ganz unverhofft kommen, in einem Augenblick, wo es scheins schon ins Vergessen abgeglitten ist, um mein Leben völlig umzukrempeln, es auf den Kopf zu stellen, oder vom Kopf endlich auf die Füße, je nach Blickwinkel, und vielleicht würde ich auch Dir begegnen.

Denn die Chance der Zukunft ist ihre Offenheit, die uns immer wieder fortführt, auch wenn wir letztlich immer nach Hause gehen.

Wirst Du mich dann dort erwarten, ganz gleich wo es sein wird?

Oder kann es dieses überhaupt erst sein, ganz gleich wo, einfach, weil Du dort bist?

Es würde vorläufig das letzte Mal sein, dass ich an meinem Traumhaus, dem Haus aus meinem Traum vorbeikommen würde. Ein letzter Blick darauf, dann ging ich weiter, hin zu unserer Unterkunft, um den Tag zu beschließen, um gemeinsam Mahl zu halten, um gemeinsam in den Abend zu tauchen, um eine Wärme zu spüren, die es nur im Miteinander geben kann, wenn wir uns einlassen und zulassen, den Menschen neben uns, wenn wir uns zuwenden, offen Blickes und offenen Herzens, um von dem Gebrauch zu machen, was uns als Menschen auszeichnet, nämlich eine Lebenswelt verstehen zu können, die nicht die unsere ist, zu verstehen ohne Verrat an uns und unserer eigenen Lebenswelt begehen zu müssen.

32. Es kommt nichts Besseres nach

Und der Abend ging, die Nacht schritt voran. So wie es jeden Tag geschieht, unabänderlich und folgerichtig, gezielt und doch in einem einfachen Kommen und Gehen, eingebettet in einen vorgegebenen Rhythmus, der ist wie er ist.

Es gibt daran nichts zu ändern, nichts darüber zu diskutieren oder zu verbessern, da keine Möglichkeit besteht einzugreifen und irgendetwas an diesem vorgegebenen Ablauf anders zu gestalten.

Es ist wie es ist. Die Sonne geht auf. Und die Sonne geht unter. Es wird hell. Und es wird dunkel. So geschieht dies immerfort, bis zu der Zeit, da die Tage unserer Erde gezählt sein werden, wodurch auch immer das passieren mag, doch bis dahin ist dieser Ablauf der gegebene, dem es völlig gleichgültig ist ob wir uns mit ihm arrangieren oder nicht.

Ganz anders verhält es sich mit unserem Leben. Hier können wir Entscheidungen treffen, Veränderungen herbeiführen, und den morgigen Tag ganz anders gestalten, als den heutigen, können unbekannten Menschen und Gegebenheiten begegnen und diese Begegnung zulassen oder auch nicht. Wir können uns sperren gegen das Neue, können es negieren und nicht einmal zur Kenntnis nehmen, können es verleugnen oder sogar bekämpfen, weil wir das Neue, das Unbekannte nicht wollen, aber immer ist es unsere Entscheidung.

Ob wir uns verschließen oder uns öffnen, es ist ein bewusst gesetzter Akt. Es gibt keine Ausreden. Es liegt ganz alleine an mir. Immer hat jemand die Verantwortung, doch in diesem Fall habe ich sie ganz alleine. Es gibt niemanden, hinter dem wir uns verstecken, den wir vorschieben könnten.

Meine Schuld, wenn ich es unterlasse. Auch wenn es mittlerweile Menschen gibt, die meinen, dass so etwas wie Schuld nicht existiert, doch ohne Schuld könnte ich mich nicht auf Verantwortung berufen.

Was ich tue, dafür habe ich einzustehen. Und noch mehr für das, was ich nicht tue. Wenn ich zu Hause sitze und mir leid tue, weil niemand kommt, weil ich alleine bin und keine Chancen habe in der Welt, dann übersehe ich dabei nur, dass es an mir wäre hinaus zu gehen und die Chancen zu ergreifen, die sich mir bieten oder den Menschen zu begegnen.

Die vertanen Chancen und Möglichkeiten, die verstrichenen Momente, sie haben sich mir angeboten und niemanden sonst. Gehe ich aber hinaus, begegne ich, offen Herzens und offenen Auges, dann, ja dann habe ich das Meine getan. Dann, ja dann liegt es am Anderen meiner Offenheit zu entsprechen oder sie zurückzuweisen.

An diesem Punkt endet meine Verantwortung, dort wo die des Anderen beginnt, und es ist ein grobes Vergehen, wenn ich mir die Verantwortung des Anderen aufhalsen lasse, wenn ich Steine mit mir trage, die nicht die meinen sind. Nicht nur, dass ich dem Anderen damit nichts Gutes tue, weil ich ihn in seinem Wachstum beschränke, so bürde ich mir Lasten auf, die nicht notwendig sind, da es nicht die meinen sind.

Ich reiche Dir die Hand, begleite Dich ein Stück und unterstütze Dich, aber die Tat selbst muss Deine sein.

"Ich bin da für Dich", das ist alles was ich für Dich tun kann, wenn ich Dein Eigen-Sein ernst nehme, wenn ich Dich ernst nehme, und Dich nicht infantilisiere, klein und ohnmächtig und abhängig halte.

Dann wird uns der Abend, die Nacht und der nächste Morgen, so wie es sein soll, so wie es immer war und immer sein wird.

Und so überließ ich mich der Nacht und den Träumen, bis die Sonne den neuen Tag erhellte.

33. Das Fremde

Es war ein wunderschöner Morgen in Ballydavid. Ich trat aus dem Haus und ging die wenigen Meter, hin zu der Mauer, die den Strand von der Straße abgrenzte. Ruhig und friedlich war der Ozean an diesem Morgen. Glitzernd spiegelte sich das Sonnenlicht im Wasser, gebrochen und verteilt durch die sanften, kleinen Wellen, die in diesem eigentümlicher Rhythmus zum Strand rollten und verebbten. Immer wieder kamen neue nach.

Vielleicht, wenn ich lange genug hier bliebe, dann würde ich eine konstante Abfolge erkennen, doch dieser Morgen bedeutete einen Abschied. Ganz genau wollte ich mir dieses Bild einprägen. Langsam glitt mein Blick von der einen seitlichen Begrenzung durch den Horizont bis zur anderen. Natürlich hatte ich diesen Ausblick fotografiert, mehr als einmal, aber das Festhalten, das in mir Verwahren ist ein anderes als ein Digitales.

Wenn ich die Augen schließe, dann sehe ich es vor mir, ohne irgend ein Hilfsmittel. Immer wieder kommen sie hervor, wenn etwas oder jemand die Erinnerung anstößt, und dann, ja dann habe ich eine Geschichte zu erzählen, dann bin ich wieder in diesem Bild. Und so ging ich, um ein Bild bereichert, zum Frühstück, diesem ungewohnt ausgiebigen, deftigen irischen Frühstück. Eine Eigenheit, die ich mir gerne gefallen ließ. Es war anders als zu Hause, und so war es gut.

Das Fremde lädt ein in Bekanntschaft zu treten und es kennen zu lernen. Es lädt ein, aber nicht alle nehmen die Einladung an, ganz im Gegenteil, sie schlagen sie aus, weisen die offene Hand zurück und bekämpfen das Fremde mit allen Mitteln. So wie die Engländer, die das Land eroberten die gälische Bevölkerung immer mehr zurückdrängten, bis in die entlegendsten, unwirtlichsten Gebiete des eigenen Landes, das nicht mehr das eigene war, weil nun neue Herrscher da waren und Anspruch darauf erhoben, als wäre es das Selbstverständlichste auf der Welt, und wohl ist es das auch, dass der Stärkere, ganz gleich ob es sich um Waffengewalt oder um wirtschaftliche Macht handelt, den Schwächeren unterwirft.

Natürlich kann man protestieren, wenn die Unterwerfung in Form physischer Gewalt offensichtlich ist, doch es gibt kaum Anhaltspunkte für einen wirklichen Protest, wenn die Unterwerfung scheinbar ruhig und friedlich in Form von wirtschaftlicher Gewalt erfolgt. Sanfte, unterschwellige und allgegenwärtige Gewalt, ein in Abhängigkeit halten.

Das Land wurde erobert und die bisher Herrschenden auf die Seite der Eroberer gezogen, die weiterhin ihr feudales Leben führen konnten. Da bedeutete es doch nur ein kleines Opfer seine

Sprache aufzugeben und die der Eroberer zu übernehmen. So zieht man sich im Fall eines Falles ein anderes Jäckchen an, und schon ist alles gut. Und so wurde aus dem Kampf gegen die Fremden einer gegen die eigenen Landsleute. Wer festhielt an der eigenen Sprache, der musste fliehen, musste die guten Gründe hinter sich lassen und sich in die Unwirtlichkeit begeben, und doch blieben sie standhaft, allen Repressionen zum Trotz, behielten ihre Sprache und ihre Traditionen, denn das war ihnen Heimat, denn Sprache ist mehr als Gesagtes, mehr als Verständigungsmittel, sie setzt unsere Wirklichkeit, und wie die Sprache endet, dort endet unsere Wirklichkeit.

Je ungenauer eine spezifische Sprache auf einem Gebiet ist, desto weniger spielt dieses Gebiet eine Rolle. So kennt der Eskimo viele Ausdrücke für Schnee, denn dieser bestimmt seine Lebenswirklichkeit. Wenn wir die Worte verlieren, dann verlieren wir an Tiefgang und Genauigkeit, so dass es in unserer modernen Welt kaum mehr Gebiete gibt, die Genauigkeit in der Sprache fordern.

Irisch-gälisch, das war die Lebenswirklichkeit der Menschen. 800 Jahre hatten sie unter der Unterdrückung zu leiden, bevor die Sprache wieder anerkannt wurde und eine Rückkehr möglich werden sollte. Doch war es wirklich möglich? Kann man 800 Jahre einfach überbrücken?

Ich muss das Fremde bekämpfen, wenn meine eigene Identität schwach ist, denn nur dann habe ich zu Recht die Sorge, dass es vom Fremden unterwandert und ausgehöhlt wird. Ist meine Identität hingegen stark, so kann ich mich auf das Fremde einlassen, so weit, dass ich mein eigenes Weltbild durch den Blick des anderen bereichere. Jede Form der Abwehr des Fremden, des Anderen, ist ein Eingeständnis meiner eigenen Schwäche und Argumentationsarmut.

So nahm ich Abschied von dem Unbekannten, das mir nun einen Schritt näher gekommen war.

34. Der Esel von nebenan

Ich verließ den Frühstücksraum. Am Nachbargrundstück, das nur durch die obligate Steinmauer getrennt war, stand ein Esel. Ich sah ihm zu. Bedächtig zupfte er ein paar Hälmchen ab, dann hob er den Kopf und blickte geradewegs zu mir. Seine großen braunen, so warm wirkenden Augen, waren ruhig. Es war kein aufdringlicher, kein herausfordernder Blick, sondern ein vermittelnder.

So wie das Gras, so sah er auch mich an, als etwas, das eben gegeben war, etwas, das auch da war, ohne, dass es weiters auffiel. Die Ohren aufgestellt wirkte er dennoch aufmerksam.

Das Leben ist eben so wie es ist, und so lange genug zu fressen da war, so lange er unbehelligt war und einen Unterschlupf fand, wenn das Wetter gar zu wild spielte, dann schien alles in Ordnung. Mehr brauchte er nicht. Mehr wollte er nicht.

Mehr, das gibt nur Magenschmerzen. Das war zumindest meine Interpretation. Jedenfalls könnte das der Grund sein warum so viele Leute Magenschmerzen haben, war meine Schlussfolgerung.

„Du hast Magenschmerzen?", vernahm ich nun eine Stimme neben mir. Jetzt erst merkte ich, dass ich offenbar laut gesprochen hatte, mit einem Esel.

„Nein, ich nicht", antwortete ich lachend, „Und ich denke, der Esel auch nicht. Mit ihm habe ich über die Magenschmerzen gesprochen, die so viele Menschen haben, weil sie kein Maß kennen bei dem, was sie in sich hineinstopfen, und damit meine ich nicht nur das Essen."

„Langsam wundert mich bei Dir gar nichts mehr", erklärte meine Mitreisende, in mein Lachen einstimmend, „Nicht einmal, dass Du mit Eseln sprichst."
„Eigentlich hatte ich es auch nicht vorgehabt, laut zu sprechen, das ist passiert", gab ich zurück. „Man kann wohl Schlimmeres anstellen als mit Eseln zu sprechen", merkte sie nachdenklich an, und dann begann sie mir von dem zu erzählen, was sie unter Schlimmeres verstand, während wir unseren Weg fortsetzten, vorbei an den Häusern des Ortes, die wir sehr bald hinter uns ließen, wieder den Strand entlang und dem Weg folgend bis zu einem Steinmonument.

Irgendjemand hatte vor unendlich langer Zeit hier die verschiedensten Steine kunstgerecht und in einem bestimmten Muster angeordnet. Spuren des Menschen, die jedoch mit der Natur arbeiteten und nicht gegen sie, die ihr die Materialen für den Ausdruck, den sie hinterlassen wollten, entnahmen und so dem Ganzen verbunden blieben. Hier würde sich auch der Esel von nebenan wohlfühlen. Eine friedliche Koexistenz, zwischen den Zeichen, die der Mensch hinterließ und der Natur, die ungestört weiterwuchs. Zwischen den Steinen wuchs das Gras. Ich stellte mir vor, wie der Esel dazwischen Grashalme abzupfte, ganz gleich ob da nun diese Steine waren oder nicht.

Friedliche Koexistenz zwischen belebter und unbelebter Natur, die sich gegenseitig ihren Platz zugestanden und keinen Sinn sahen mehr sich mehr aneignen zu wollen als sie brauchten. Und mitten in diese Idylle kam eine Botschaft. Ein Kind ward geboren, fern in der Heimat, ein gesundes Kind, ein neues Leben, das die Welt bereichern würde, einzig und allen durch sein Dasein. Doch war es nicht so friedlich in selbstverständlich in der Menschenwelt. Dieses Menschenkind würde sich seinen Platz erkämpfen müssen, denn der Mensch hält auch das fest, was er nicht wirklich braucht. Irgendwann könnte er es ja brauchen, so dass er alles behielt, was er einmal hatte.

Und der Esel, der neben der Krippe stand, der sah auf das Menschenkind mit seinen großen, warmen Augen, und war zufrieden, mit dem Hier und Jetzt und mit dem Leben. Ob es ihm auch noch so ging, als er Maria nach Ägypten tragen musste, kann ich nicht beurteilen, und die Annalen berichten nichts darüber, denn die Geschichtsschreibung kümmert sich nur um die wichtigen Dinge, und nicht um die Befindlichkeit eines Esels.

35. Ein Berg voller Erika

Wir ließen das Steinmonument hinter uns, und gingen den Weg weiter, immer Schritt um Schritt. Das mag selbstverständlich klingen, denn wie sollte man schließlich sonst gehen, als immer Schritt um Schritt. Nun ja, rein physisch ist es natürlich richtig, auch wenn mancher stolpert, weil er am liebsten schon den übernächsten Schritt vor dem nächsten tun würde, und es wohl auch versucht, aber das meine ich nicht, sondern diese Art die Überbrückung einer Distanz nur als Hindernis zu erleben und nicht als Möglichkeit, so dass man gedanklich nicht nur einen oder ein paar Schritte voraus ist, sondern bereits am Ende der Distanz, die man überwinden möchte.

Natürlich ist es auch etwas, das den Menschen auszeichnet, dass er in der Lage ist etwas Kommendes vorwegzunehmen, die Folgen seiner Handlungen und auch Nicht-Handlungen zu antizipieren. Obwohl auch das seine Grenzen hat. Immer wieder tauchen neue Technologien auf, die er zwar anzuwenden vermag, deren Folgen er aber nicht abzuschätzen vermag. Dennoch wird munter drauf los getan, weil man es eben kann, und wer bittet vielleicht einmal nachzudenken oder diese Technologie womöglich erst anzuwenden, wenn man wirklich Bescheid weiß, der wird als Fortschrittsgegner verdammt, bestenfalls als rückständig oder abergläubig belächelt. Dabei ist diese Form der Fortschrittshörigkeit und unreflektierten Übernahme alles Neuen letztlich nichts anderes als das, was die Israeliten vor tausenden Jahren bereits taten, indem sie das Goldene Kalb anbeteten und dabei das Wohlüberlegte und Abgewogene aus den Augen verloren.

Fortschrittsglaube ist ebensolcher Aberglaube wie der an die Wundertätigkeit einer Reliquie, nur das Letzteres keine negativen Folgen zeitigt. Aber wenn wir einen Weg gehen, so gelingt es uns immer weniger auf dem Weg zu bleiben, die Sonne zu spüren oder den Wind, die Luft zu riechen und die Wolken ziehen zu sehen, sondern der Blick und alle anderen Sinne sind stur auf das gerichtet, was man zu erreichen wünscht, so dass alles andere weggrückt und der Wahrnehmung entzogen wird.

Schade um das Leben, das letztlich doch nur ein Weg ist. Doch ich blieb, ich sah und roch und spürte, während ich Schritt um Schritt setzte und auch diese Bewegung als eine gewollte wahrnahm, so dass ich es nicht notwendig hatte etwas zu finden, was mich schneller zu meinem Ziel brachte, den selbst der Weg, das Setzen von Schritt um Schritt wurde darin ein Teil des Zieles. Nur in diesem Sinne stimmt es, dass der Weg das Ziel ist und das Ziel wiederum der Weg. Der Weg ist das Ziel ist der Weg.

Und zwischen den Steinmauern und Feldern, über bewohnte und verlassene Bauernhöfe führte er, zwischen Fuchsien und Brombeerhecken, bis es aufwärts ging, und der Hang, den wir bestiegen war auf dieser einen Seite völlig bewachsen von Erikastauden, kleinen robusten Büschen mit unzähligen kleinen lila Blüten.

Ich weiß bis heute nicht wie der Berg wirklich hieß, doch für mich gab ich ihm den Namen Erika-Berg. Dieser Aufstieg gestaltete sich reichlich schwierig, denn er ging direkt durch die Büsche hindurch, und ich gebe es zu, ich war froh, als wir den Gipfel erreicht hatten, denn dieser Aufstieg hatte mir viel abverlangt, aber es war gut die körperliche Anstrengung zu spüren, zu spüren, dass ich einen Weg gegangen war. Er saß mir im wahrsten, spürbarsten Sinne des Wortes in den Gliedern, und es war eine Anstrengung, die gut tat, die mir meine Grenzen ebenso aufzeigte wie meine Möglichkeiten, und während sich mein Blick in der Ferne auf dem Berggipfel verlor, wusste ich, auch das war ein Moment, der bleiben würde, sich in den Kreis meiner Erinnerungen als eine lebendige, da mit allen Sinnen erlebte, gesellen würde.

Es ist gut einen Weg zu gehen, Schritt um Schritt. Es ist gut anzukommen an einem Ziel.

36. Der Berg vor meiner Haustüre

Der Abstieg gestaltete sich weitaus angenehmer als der Aufstieg. Unbeschwert und leichtfüßig ging es den gut ausgetretenen Fußweg hinab, und auch wenn wir zügig gingen, fand sich doch immer wieder Zeit innezuhalten und die Eindrücke, die sich boten in Ruhe in uns aufzunehmen, zu verweilen, um dann ohne Probleme wieder aufschließen zu können.

Und während wir also den Abstieg antraten, sahen wir einen Mann, ca. 70 Jahre alt, der zügig an uns vorbei den Berg bestieg. Dass er den Weg nicht weiters beachtete und seiner eigenen Spur folgte, sagte uns, dass es sich um einen Einheimischen handelte, der den Berg zu kennen schien wie seine Westentasche. Kurz sahen wir ihm noch nach, dann war er um eine Biegung verschwunden, und wir hatten den Fuß des Berges noch nicht erreicht, da hatte er uns schon wieder eingeholt. Ein paar von uns schlossen sich ihm an, und wir kamen ins Gespräch.

Bei diesem Berg handelte es sich um seinen Hausberg. Er hatte tatsächlich auch einen Namen, doch ich habe ihn gleich wieder vergessen. Erika-Berg war für mich offenbar einprägsamer, und wen sollte es tangieren wie ich den Berg für mich nannte, aber vielleicht, wenn sich dereinst die Chronisten auf die Spuren meiner Reise begeben sollten, dann würde es etwas geben, was sie entdecken könnten. Stolz könnten sie dann bekannt geben, dass der berüchtigte Erika Berg Mount Irgendwie hieß, aber da will ich doch nichts vorwegnehmen, die Chronisten einer Zeit, in der sich die Menschen nur mehr mit elektrischen Vehikeln vorwärtsbewegen würden, nur mehr unter vorgehaltener Hand von der Möglichkeit berichtet werden würde, dass man einen Weg gehend, auf den eigenen Füßen zurücklegen kann.

„Wisst ihr Kinder, dann bekamen wir Frühstück, eine Jausenbox mit von unserer Mutter und wir gingen in die Schule", würde ich meinen Enkeln mit verklärtem Blick erzählen.

„Glaubst Du das?", wird das eine Kind dem anderen hinter vorgehaltener Hand zuflüstern, was wahrscheinlich gar nicht mehr notwendig ist, weil ich dann schon längst schlecht hören würde.

Aber „Du weißt doch", wird das andere Kind, ebenso flüsternd, antworten, „Die Oma erzählt immer so komische Sachen. Das hat sie sich bestimmt nur ausgedacht." Vielleicht haben sie nicht einmal den Anstand zu flüstern, die Kinder in dieser späteren Zeit, denn schließlich kennen wir aus all der Jammerei über die Verderbtheit der Jugend, dass es immer schlimmer wird. Seit Sokrates ein ständiger Sittenverfall, doch vor allem beruhigt es das Kind, denn die Vorstellung zu fußgehender Horden, treibt ihnen einen gehörigen Schreck ein. Es klingt nach

Zombies, die ihr Fortbewegungsgerät verloren oder verschenkt oder verkauft haben, oder nach diesen komischen Aussteigern, die tatsächlich noch mit der Hand schreiben und noch viel mehr mit den eigenen Händen anstellten.

Aber vielleicht sehe ich nur zu schwarz. Sicherlich wird alles ganz anders, besser sogar. Stellen wir nicht heute die Weichen für morgen? Aber ich bin abgekommen, von jenem Mann, der diesen Berg drei bis vier Mal die Woche bestieg, so wie andere einen netten Spaziergang unternahmen, so erzählte er uns, und es stellte sich heraus, dass es gar nicht leicht war mit ihm Schritt zu halten. Jeden Stein schien er zu kennen, doch vor allem, jede einzelne Stelle, unter der sich, gut getarnt im Moos, Wasserstellen befanden, in die wir immer wieder hineintappten. Ein tückisches Terrain, für den, der es nicht kennt. Irgendwann ließen wir ihn ziehen. Auch er schien zufrieden. Wahrscheinlich würde er, am Ende des Weges nicht nach Hause gehen, sondern ins Pub einkehren auf ein Guinness, oder zwei sogar, um gestärkt zurückzukehren. Er schien zufrieden, in dieser seiner kleinen Welt, so wie der Esel.

Und ich? Wie war es bei mir, wenn ich einmal bereit wäre völlig und schonungslos ehrlich zu mir selbst zu sein? Sollte ich nicht auch endlich aufhören ständig unzufrieden zu sein, eingebettet in meine Familie und mit einer Aufgabe vertraut, die mir Freude bereitet. Ist nicht alles, was ich zu jammern, zu lamentieren zu müssen meine, Ausdruck meiner Geringschätzung dessen, was mir so überreich geschenkt wurde und wird?

Natürlich, lückenlos würde es mir nicht gelingen, aber vielleicht würde ich mich an den Mann erinnern und den Esel und wüsste, dass es so viel Grund gibt zufrieden zu sein, weitaus mehr als zur Unzufriedenheit.

37. Wo sozial noch offline stattfindet

Wir hatten den Berg hinter uns gelassen, und hoffentlich den Gedanken an die Zufriedenheit und dem, was wir alles von einem Esel lernen könnten, und wenig später erreichten wir Dunquin, ein ganz normales irisches Dorf, frei und unberührt von Lebensmittelketten oder ähnlich unförmigen Bauten, die nicht nur das ursprüngliche Ortsbild verschandeln, sondern - was noch schwerer wiegt - die sozialen Strukturen zerstören.

Am Hauptplatz gab es ein Pub und einen Greißler. Wir setzten uns in den Gastgarten, und während wir uns stärkten beobachtete ich das Treiben auf diesem Platz. Es schien sich tatsächlich noch um ein soziales Zentrum zu handeln, und während ich mir die Sonne ins Gesicht scheinen ließ, sah ich Menschen kommen und gehen, und tatsächlich, sie hatten noch Zeit und Muße zu verweilen, ein paar Worte zu wechseln und so in Kontakt zu bleiben. Wie viel haben wir durch die fortschreitende Anonymität verloren, und wie viel wäre uns erspart geblieben, gäbe es diese nicht, wie z.B. Facebook und ähnliches.

Sicher sind nicht die Sozialen Medien das Problem, sondern ein Symptom des Problems. Sie hätten niemals Erfolg haben können, wäre das reale soziale Miteinander nicht in so weiten Bereichen gestorben.

Hier war es lebendig, und ich sah niemanden, der grantig war oder schlecht gelaunt.

Ein Bild wie aus längst vergangenen Zeiten, ein Sittenbild einer vergangenen Epoche. Unwillkürlich dachte ich an Agatha Christie und an St. Mary Mead, und wenn mir jetzt irgendwer erzählen will, halt, das ist England und nicht Irland, so kann ich nur sagen, ätsch, St. Mary Mead gibt es auch in England nicht, denn es handelt sich dabei um eine Erfindung unserer Grand Dame der Detektivromane. Aber jetzt muss ich mich ganz schnell wieder zur Ordnung und nach Dunquin zurückrufen, denn sonst verfalle ich in meine üblichen Lobeshymnen, aber ich muss mich beherrschen, denn immerhin war mittlerweile der Bus eingetroffen, der uns zu unserem nächsten Ziel bringen würde.

Wir stiegen ein und saßen, immer zwei und zwei. Und während getratscht und erzählt wurde, flog die Landschaft vorbei, doch immer wieder ging der Blick auch hinaus. Wie sehr versuchen wir doch sonst voneinander abzurücken. Die Häuser werden immer größer, damit wir uns immer erfolgreicher aus dem Weg gehen können, unter einem Dach, und doch keine Spur von Gemeinsamkeit. Räumlich verbunden lebt doch jeder sein eigenes Leben vor sich hin, und jede Einmischung wird sich nachdrücklich verbeten. Gemeinsame Einsamkeit.

Im Zug, im Bus, da versuchen wir zu vermeiden, dass sich jemand neben uns setzt, denn da sitzt schon die Tasche, denken wir, malerisch als Bollwerk aufgebaut. Nur nicht zu nahe, denn es könnte passieren, dass wir berührt werden. Nicht unbedingt körperlich, sondern viel mehr mental, durch den Anderen.

Online, da ist es einfach, denn da kann nichts passieren, doch hier im Realen, da ist es etwas anderes, da könnten wir uns herausgerissen sehen aus der Selbstverständlichkeit unserer Verlorenheit in uns Selbst. Auch wenn uns nichts abgeht, so wie wir behaupten, ist es dennoch ab und zu notwendig uns anzusaufen oder zuzukiffen, um der Wirklichkeit zu entfliehen, die wir uns selbst zurechtzimmern wie sie ist.

Entfliehen ist nur wirklich notwendig, wenn wir keine andere Wahl hätten, aber die haben wir, auch wenn wir es uns nicht zugestehen. Es erforderte Bewegung, so wie man die Taschen unter leichtem Fluchen entfernt, wenn es doch jemand wagt zu fragen ob der Platz neben uns frei ist, und wer weiß, vielleicht geschieht eine Begegnung, die erweitert. Es könnte aber auch anders sein. Nein, dieser Gefahr setzen wir uns erst gar nicht aus und bleiben lieber für uns.

Doch hier, in diesem Bus gab es keine Berührungsängste und das Berühren war ein erwünschtes.

38. Eine Insel am Ende Europas

Nicht einmal eine halbe Stunde dauerte unsere Fahrt mit dem Bus. Natürlich kommt es auch immer darauf an mit wem man reist. So eine halbe Stunde kann sich wie eine Ewigkeit anfühlen, ist man gezwungen sie mit jemandem zu verbringen, der einem unzugänglich bleibt, doch hier war die Gemeinschaft als gelebte bereichernd. Unser Ziel war das Zentrum, das den Blasket Islands am Festland vorgelagert war.

Rund um diese legendären Inseln ranken sich viele Geschichten, die nicht nur dazu führten, dass ein Museum eröffnet wurde, sondern auch ein eigener Literaturkreis entstand. Zugegebener Maßen ein kleiner, aber desto spezifischer.
Die Inselgruppe besteht aus 12 Inseln, wobei die größeren fünf bis ins 20. Jahrhundert bewohnt waren, die kleineren sieben jedoch immer unbewohnt. Wohl wegen ihrer Größe, aber auch wegen ihrer Unwirtlichkeit und Unzugänglichkeit.

Great Blasket Island, die größte der 12 Inseln, ist fünf Kilometer vom Festland entfernt. Die westlichsten Inseln Europas. waren über lange Zeit hinweg ein Rückzugsort für Menschen, die dem irisch-gälischen treu blieben und damit sich selbst. In etlichen Büchern wird das Leben beschrieben, das gekennzeichnet war von Armut, Gottesfürchtigkeit und starkem

Zusammengehörigkeitsgefühl. Heute sind die Inseln verlassen. Es gibt weder Strom noch andere Annehmlichkeiten. Es ist kein Ort zu leben, war zumindest die irische Regierung überzeugt, doch war das der wirkliche Grund. Oder gab es etwas anderes, das den Menschen das Leben auf der Insel verunmöglichte?

Ich ging den Strand entlang und sah hinüber zu der Hauptinsel. Zwei Häuser standen noch darauf. Wäre diese Insel gänzlich unberührt gewesen, hätte sie keine Zeichen menschlicher Zivilisation getragen, dann wäre es einfach eine Insel gewesen, die der Mensch sich selbst und seinen natürlichen Bewohnern überlassen hätte.

Das kommt zwar nicht allzu oft vor, doch es passiert mitunter. Doch diese letzten Zeichen menschlichen Lebens, umrahmt von sonst - scheinbar - unberührter Natur, ließ die Behausungen nur desto bizarrer erscheinen. Dort wo sich einst Menschen getummelt hatten, miteinander lebten und arbeiteten, feierten und lachten, trauerten und weinten und all die anderen Dinge, die Menschen zu jeder Zeit, an jedem Ort auf dieser Welt in Gemeinschaft gemacht hatten, dort war nur noch Verlassenheit, die wie eine imaginäre schwarze Wolke darüber lag und das Bild verdüsterte.

Es war wie ein Lachen, das noch nachhallt, aber schon längst erfroren ist. Es ist wie ein Frühlingstag, der durch einen schweren Sturm unterbrochen wird, jäh und unvorhersehbar. Es ist wie der Mensch, der mitten im Leben vom Tod dahingerafft wird, so schnell, dass das Buch, das er in der Hand hielt, herunterfällt und liegen bleibt, genau dort, wo es hinunter fiel. Niemand wagt es aufzuheben. So bleibt es, und die Trauer mit ihm, die Angst und die Fassungslosigkeit um diesen unfassbaren Vorgang.

Was bleibt ist die Trauer, die es bedeutet eine Gesellschaft, auch wenn es noch so eine kleine war, zerstört zu sehen, und was sie zerstörte waren einmal mehr handfeste wirtschaftliche Interessen, die den Menschen nicht achten, außer als kleines Rädchen im Gesamtprozess. Wenn dieses Rädchen nicht mehr funktioniert, dann wird es entfernt. Irreparabel, heißt es, wobei die Entscheider nicht einmal selbst Hand anlegen. Sie befleißigen sich einer viel einfacheren, aber desto sichereren Methode, indem sie den Menschen schlicht und ergreifend die Lebensgrundlage entziehen.

Natürlich geht es immer nur um internationales Recht, um die Möglichkeit für jeden die Früchte der Erde zu ernten, doch die eingesetzten Mittel lassen die einen siegen und die anderen untergehen.

Und sie erzählten sich Geschichten auf der Insel, gaben die Erfahrungen weiter, lebten mit und von der Natur. Alles was sie hatten gab ihnen die Insel, Kaninchen und Fisch zur Nahrung, Steine, aus denen die Häuser gebaut wurden, Torf um sie zu heizen. Mehr gab es nicht. Was sie noch brauchten kauften sie auf dem Festland ein. Sie waren genügsam und bescheiden, und doch, was nützt es, wenn andere maßlos und unbescheiden sind. Der letzte Inselbewohner lebt nun auf dem Festland, das trotz allem für ihn niemals Heimat werden wird.

39. Dem Untergang überantwortet

Direkt gegenüber von der Hauptinsel der Blasket Islands, Great Blasket Island, wurde ein Besucherzentrum errichtet. Dort können sich die Besucher nicht nur verköstigen, sondern auch mit Literatur eindecken, über die Blasket Islands, aber auch mit solcher, die von Bewohnern der Inseln verfasst wurden. Nicht nur Schaulustige, auch Studenten fanden den Weg hierher, um die "Einheimischen" zu studieren. Ethnologen und Völkerkundler kamen ebenso wie Hippies und Menschen, die nach alternativen Lebensweisen suchten. Alle zogen sie wieder ab.

Wie schnell verpufft eine romantische Vorstellung, wenn der Sturm tobt und man in einer klammen Hütte sitzt, die zwar nur fünf Kilometer vom Festland entfernt ist, und doch so unerreichbar scheint, wenn die Wellen so unüberwindlich sind. Wie schnell muss man erkennen, dass ein Leben, in dem man jeden Tag aufs Neue kämpfen muss um seine grundlegendsten Bedürfnisse zu befriedigen, doch nicht so erstrebenswert ist, wie es von der warmen Wohnzimmercoach mit dem Supermarkt um die Ecke anmuten mag. Rasch gingen sie, von einer Insel, die in einer fernen Vergangenheit über 100 Menschen Heimat und Unterschlupf bot.

Jetzt ist ein Fährendienst eingerichtet. Im Sommer kann man Souvenirs erwerben und der braven, gottesfürchtigen Menschen gedenken, die hier ihr Leben fristeten, sich ernährten von Fisch und wilden Kaninchen, ihre Häuser mit Torf heizten, den sie stachen und am Abend um den Kamin versammelt waren. Sie wurden geboren, heirateten, bekamen Kinder und starben. Überall ist es so, nur die Bedingungen sind verschieden. Sie lebten nicht im Überfluss, aber sie waren zufrieden, denn es war ihre Heimat, den Bewohnern von Great Blasket Island.

Doch während die Zeit auf der Insel stillzustehen schien, entwickelte sich die Welt weiter. Immer größere Schiffe fuhren aus um zu fischen, und wenn die ursprünglichen Fischgründe leergefischt waren, mussten sie weiter hinaus, bis sie auch hier ankamen, am westlichsten Rande Europas. Entnahmen die Einwohner von Great Blasket Island dem Meer nur so viel, wie sie zum Leben brauchten, kannten die Konzerne, die die großen Fischkutter aussandten keine Sättigung. Alles mussten sie haben, bis das nächste Stück Meer leergefischt und tot war. Dann zogen sie weiter, unbeirrt und unerschüttert, ohne Rücksicht auf natürliche Regenerationszyklen, ohne Rücksicht auf die Menschen, die vom Fischfang lebten, und die nun hungern mussten, weil es den Fisch nicht mehr gab.

Es tut nichts zur Sache. Sind doch nur eine Handvoll Menschen. Es zählt nicht. Auch nicht Tausende. Warum soll man sich dann um ein paar Menschen Gedanken machen? Was zählt ist der Profit und die

Rendite für die Aktionäre, sonst nichts. So waren auch die letzten Bewohner gezwungen die Insel zu verlassen, die wenigen, die übrig geblieben waren und nicht nach Amerika ausgewandert waren, um dort ein besseres Leben zu beginnen. Besseres Leben? Kann es das geben, außerhalb der Heimat? Immer wieder waren die Menschen gezwungen ihr angestammtes Land zu verlassen. Schuld waren Missernten, missliche Witterungsumstände, Seuchen oder Kriege, aber heutzutage werden die Schwachen von den Starken vertrieben, die Armen von den Reichen, ebenso rücksichts- und gedankenlos. Menschen spielen schon lange keine Rolle mehr, so lange sie keinen wirtschaftlichen Mehrwert versprechen.

Ich stand am Strand und sah hinüber zu der Insel und versuchte mir vorzustellen wie es war, als das Leben noch da war, und Lachen und Weinen, Glück und Freude, Unglück und Schmerz. Man kann sich niemals sicher sein, dass man bleiben darf, dass nicht irgendwer kommt, dem man im Weg ist und der einen vertreibt. Niemals ist man sicher.

Doch man kann die Zeit auch nicht mehr zurückdrehen, nicht mehr rückgängig machen, was einmal zerstört wurde. Wäre es nicht unsere edelste Aufgabe zu schützen und nicht zu zerstören? Wäre es nicht an der Zeit wieder zu bauen, an einer lebenswerten, menschlichen Welt? Wäre es nicht an der Zeit sich für die Dinge einzusetzen, die wirklich von Wert sind?

Dann war auch der Bus schon wieder da, der uns zurück brachte nach Ballydavid. Ein Ort mit dreißig Einwohnern, und ich hörte das Meer rauschen. Vielleicht ist doch noch nicht alles verloren.

Niemals, so lange man denken kann, ist wirklich alles verloren. Es ist nur manchmal so schwer sich wieder aufzuraffen um weiterzumachen, wenn man sehen muss wieviel unnötig zerstört wurde, so gänzlich ohne Sinn und Verstand.

40. Das Meeresungeheuer

Ich zog mich zurück an diesem Abend, gleich nach dem gemeinsamen Abendessen. Irish Stew hatte es gegeben aus Schaffleisch. Es hatte mich irritiert, dass es hier so viele Schafe gab, und dennoch hatten wir bis jetzt kein Schaffleisch bekommen. War es der vorauseilende Gehorsam, der den Menschen riet denen vom Festland eher Rindfleisch vorzusetzen. Es schien, als würden sie denken, dass wir das, was wir nicht kennen und nicht gewohnt sind, nicht wollten. Wir hatten es eingefordert, und dann zog ich mich zurück, an den Strand.

Es war ein angenehmer Abend. Die Sonne war längst untergegangen, doch der Himmel war sternenklar. Ein paar vereinzelte Spaziergänger gingen noch den Weg durch die Wiese neben den Klippen, bei denen ich mich gelagert hatte, doch ansonsten war nichts zu vernehmen als das Rauschen des Meeres. So lag ich in der Wiese, den Blick zu den Sternen gerichtet, der nur ab und an von einer Möwe gekreuzt wurde, und dem Rauschen lauschend.

„Du bist mir ein Tagedieb. Was fällt Dir ein, mitten am Tag hier herumzuliegen und zu schlafen?", weckte mich eine sanfte Stimme, die im völligen Gegensatz zu den rüden Worten stand. Rasch sprang ich auf. Ich fühlte mich tatsächlich schuldig.

Hatte ich die anderen im Stich gelassen, doch welche anderen und wer war diese Frau?

„Du siehst mich an, als hättest Du vergessen wer ich bin", sagte sie, als sie meine Verwirrung entdeckte.

„Nein, nein", beeilte ich mich zu versichern.

„Die Männer sind wieder mit leeren Netzen nach Hause gekommen, Gott steh uns bei", fügte sie hinzu.

„Aber was machen wir jetzt?", da ich nun wusste wo ich war, auf Blasket Island.

„Schau ob wir nicht ein paar Kaninchen auftreiben können", meinte die Frau, von der ich plötzlich wusste, dass sie meine Mutter war. Und aus den Fluten kam ein Ungeheuer und vertrieb die fremden Fischereiflotten, so dass es niemand mehr wagte in diesen Gewässern zu fischen. Nur die Menschen auf Blasket Island verschonte das Ungeheuer, und die Fischbestände konnten sich regenerieren.

Wie leicht die Probleme in einem Traum gelöst werden können, dachte ich, als ich erwachte. Der Schlaf hatte mich überfallen, hier an der Küste des Atlantik, und ich ließ mich tragen. Aber warum ist es wirklich so schwierig nicht alles kaputt zu machen, sondern Rücksicht zu nehmen, zumindest auf das Leben, auf natürliche Rhythmen, und damit letztendlich den Menschen selbst?

Es ist eine Notwendigkeit, wird einem erklärt. Es ist unserer Wirtschaftsordnung immanent, doch wenn ein Machwerk des Menschen den Menschen selbst vernichtet, kann es dann nicht geändert werden? Es ist zu spät. Es ist so und kann nicht anders sein, wird achselzuckend vermerkt, und damit ist das Thema vom Tisch. Wahrscheinlich muss uns erst im wahrsten Sinne des Wortes die Luft ausgehen, bevor wir begreifen, dass es notwendig ist etwas zu ändern. Aber möglicherweise ist es dann bereits zu spät.

Ich will mich nicht mehr in meine Träume zurückziehen. Ich will was tun, für eine Welt, die auch noch für unsere Enkel, unsere Urenkel und für viele weitere Generationen eine lebbare ist.

Ich will mich einsetzen, gegen Zerstörung und Verelendung. Und als ich das dachte, fühlte ich mich plötzlich völlig verlassen. Alle anderen schliefen. Ich sollte es auch tun, aber ich war überwältigt von diesem jähen Gefühl der Hilflosigkeit. Was sollte ich alleine ausrichten?

Sicher, es gab überall Menschen, die vielleicht genauso oder ähnlich dachten wie ich, aber wie sollte ich sie finden, wie sie erreichen? Alles schien so ferne, als wäre ich gerade auf einer einsamen Insel ausgesetzt worden, auf Great Blasket Island, nur fünf Kilometer vom Festland entfernt, getrennt durch ein wenig Wasser, und doch war es, als läge eine ganze Welt zwischen Hier und Jetzt, und bezüglich der Einstellung zum Leben war es das wohl auch aus. Vielleicht wäre es eine Möglichkeit mein Leben zu ändern. Zumindest wäre es ein Anfang.

41. Ein erster Abschied

Nach wie vor waren wir gesegnet, mit einem harmonischen Miteinander und gutem Wetter. Ich langte kräftig zu beim Frühstück, gerade ich, die es gewohnt war nicht zu frühstücken, die sich am Morgen mit Abscheu von allem Essbaren abwandte, alles verweigerte außer Kaffee. Hier jedoch war mein Essverhalten wie ausgewechselt. Ich war wie ausgewechselt. Natürlich war es auch die Unbelastetheit, den ein Urlaub mit sich brachte. Doch es war noch mehr.

Es war ein wirkliches Fortfahren gewesen, ein wirkliches Hinter-mir-lassen. Ganz anders als sonst, weil ich die nötige Zeit gehabt hatte den Alltag hinter mir zu lassen. Ich will nicht bestreiten, die Möglichkeiten sich immer schneller und schneller von einem Ort zum anderen zu bewegen, haben das Leben revolutioniert, vieles möglich gemacht, was zuvor nicht machbar schien, doch es hatte auch seinen Preis, und dieser Preis hieß letztlich wieder Lebenszeit, denn durch den raschen Wechsel von Orten und Menschen, verleugnen wir die Zeit, die wir als Menschen brauchen uns auf einen anderen Ort, andere Menschen wirklich einzulassen.

Es ist nicht möglich sich einzufinden, denn dann ist man schon wieder weg und woanders. Es hinterlässt keine Spuren. Vielleicht können wir herzählen an welchen exotischen Orten wir gewesen sind, aber wir waren nicht wirklich dort, und haben unsere Zeit mit Dingen verschenkt, die keiner Erinnerung wert sind, weil es sie nicht gibt, weil sie weder unsere Hand, noch weniger unser Herz erreichen, nicht erreichen können.

Wir suchen es zwar zu kompensieren, durch eine Unmenge an Mitbringseln und Andenken und Fotos, doch auch diese vermögen das menschliche Erleben nicht zu ersetzen. Es bleibt leer und inhaltslos. Die einzig wirklich gemachte Erfahrung, das lebendige Erleben ist nur dort möglich, wo es auch ein körperliches ist, einen Ort zu Fuß zu durchwandern und anzunehmen. Ich war wie ausgewechselt, weil das Erleben ein lebendiges war.

Nach dem Frühstück wurden wir mit dem Bus abgeholt, der uns wieder zu den Blasket Islands brachte. Das Zentrum war verlassen, denn es hatten sich zu dieser frühen Stunde noch keine Touristen, keine Schaulustigen eingefunden. Ich dachte an meinem Traum, und an das Seeungeheuer, das sich auf die Seiten der Schwachen, der Verlorenen gestellt hatte, einen Traum, den mir die salzige Luft und das Rauschen des Atlantiks zugeflüstert hatte, ein Traum vom großen Retter. Es war ein guter Traum, doch es darf nicht sein, nichts zu tun als den großen Retter zu erwarten. Es muss doch mehr geben, mehr Möglichkeiten.

Nicht mehr nur demütig hinnehmen, sondern hinterfragen, zumindest das. Ich dachte an den letzten Bewohner von Blasket Island. Sein Buch hatte ich in der Tasche, natürlich auf Englisch, weil ich Gälisch nicht spreche. Es spukte auch das durch meinen Kopf, der Gedanken, dass ich es doch lernen könnte, das Gälische, aber auch der, dass es keinen Sinn machte, nur um ein Buch zu lesen.

Vielleicht würde ich mehr verstehen, aber was sollte ich mit einer Sprache, die kaum jemand mehr versteht, was hatte es für einen Nutzen, darin viel Zeit zu investieren. Vielleicht einfach nur dafür, dass sie nicht verloren geht, dass die Bücher lesbar bleiben und die Gedanken lebendig, und vor allem, man ist niemals ganz alleine.

Ich werfe noch einen letzten Blick zurück. Ob ich es aushielte, ohne Strom, ohne warmes Wasser aus der Leitung? Ich kann es mir nicht vorstellen - und ich muss ihn mir wohl gefallen lassen, den Vorwurf von mir selbst, dass ich zwar zurück zur Natur will, aber bitte nicht zu rudimentär.

Oder gibt es einen Mittelweg zwischen radikalem Aussteigertum und dem Turboverbrauch an Ressourcen? Es ist der erste Abschied, und der Weg, den wir gehen, der führt uns weg von diesen kleinen Ortschaften, zurück in die Zivilisation.

42. Andenken

Wir starten beim Blasket Island Center, gehen ein Stück die Straße entlang. An der linken Seite sind, in den Hang hinein gebaut, kleine Häuser, und ich entdecke die erste Ziege während dieses Aufenthaltes. Geschickt geht sie über einen kleine Steinmauer, als wenn sie wüsste, dass sie beobachtet wird und sie deshalb ein Kunststück vorführt. Ein kleines Geschäft, in dem alle möglichen Artikel aus Schafwolle feilgeboten werden. Es macht den Anschein, als kämen hier viele Touristen vorbei. Nicht mehr jetzt, Anfang September. Die Saison ist schon vorüber.

Linker Hand erstreckt sich der Atlantik und langsam entfernen wir uns von den Blasket Islands. Gegenüber von dem Geschäft mit den Schafwollsachen wurde ein Parkplatz angelegt. Noch ist er menschenleer, aber auch nur zwei Autos stehen dort. Dennoch hat ein fahrender Händler dort seinen Stand aufgebaut. In seinem kleinen Kastenwagen kann er wohl alles verstauen was er für seinen einfachen Handel benötigt.

Nun steht dort ein Tisch, sorgfältig umhüllt mit einem weißen Leintuch, worauf er seine Waren ordentlich platziert hat. In erster Linie finden sich die verschiedensten Steine, hergerichtet für unterschiedlichste Verwendungsmöglichkeiten, z.B. als Anhänger einer Kette oder eines Armbandes, verarbeitet in Ringen oder als simpler Schmuckstein, doch alle sind sie verziert mit keltischen Schriftzeichen, mit Runen. Eine simple Arbeit, aber es sind diese Zeichen, die automatisch eine Verbindung herzustellen vermögen.

Manche aus unserer Gruppe bleiben stehen und besehen sich die einzelnen Exponate in Ruhe. Das ein oder andere Stück wechselt den Besitzer. Es wird eine Erinnerung sein, an diesen Moment, da wir uns zur Rückreise rüsteten. Ich höre, wie der Händler gerne bereit ist die Bedeutung der einzelnen Symbole zu erläutern. Es fällt nicht schwer seine Waren zu verkaufen. Es hängt wohl auch mit dieser eigentümlichen Stimmung zusammen, in die einen die Ferne versetzt. Man ist gerne bereit etwas zu kaufen, was die Eigenheiten und Besonderheiten des Landes repräsentiert. Wer ist schon ganz frei davon?

Ein kleines Ding, das man bequem in die Tasche stecken kann, und wenn man es herauszieht, kann man es herzeigen und erzählen, woher es stammt und was für eine Bewandtnis es damit hat, oder man besieht es für sich und denkt an diesen Moment zurück, später, wenn man wieder zu Hause ist und einen der Alltag wieder umschlungen hält, fest und unausweichlich. Und warum auch nicht?

Denn der Mensch ist auch ein sinnliches, haptisches Wesen. Man besieht es sich, man befühlt es, und man spürt und sieht dieses Damals vor sich. Immer wird etwas notwendig sein, woran man sich festhalten kann, und sei es ein kleiner Stein mit einem fremdartigen Schriftzeichen darauf oder Symbol. Nicht das Ding an sich ist entscheidend, sondern das, was wir damit verbinden. Es soll vielleicht Glück bringen, und wenn wir es glauben, dann wird es auch so sein.

Und weiter folgen wir der Straße, bis wir einen Weg erreichen, der uns ein Stück die Anhöhe hinaufführt, und dann geht es der Küste entlang, quer über Wiesen, zwischen Schafen und Eseln, eigenartigen runden Steinbauten und Steinmauern hindurch, immer ein wenig näher dem Ort, von dem aus wir unsere Reise starteten, doch noch können wir den Atlantik sehen. Der letzte Marsch in diesem Urlaub. Auch das Zurückkehren geschieht in einer menschlich fassbaren Geschwindigkeit, mental und körperlich vollzogen und erlebt.

Und der Wind trägt die klare Meerluft bis herauf auf den Hügel, den wir umrunden. Unversehens schließe ich die Augen und atme sie nochmals bewusst ein. Bald schon werden wir das Meer und diese Landschaft hinter uns lassen, und ich frage mich, ob es wohl sein soll, dass ich wiederkommen werde, vielleicht zum Haus aus meinem Traum.

43. Ein treuer Begleiter

Die einzelnen Weideflächen sind durch Steinmauern, die üblichen kleinen Steinmauern voneinander getrennt und durch Tore miteinander verbunden.

Viele Bauern lassen Touristen nicht mehr über ihre Weiden gehen, da diese Besucher allzu oft darauf vergessen die Tore wieder zu schließen, wenn sie die eine Weidefläche verlassen und die andere betreten. Dadurch passiert es immer wieder, dass die Schafe die Weiden, auf denen sie eigentlich sein sollten, verlassen und andere aufsuchen. Das bedeutet für den Bauern viel zusätzliche Arbeit. Der Wunsch dies zu vermeiden ist also nachvollziehbar, doch andererseits bedeuten Touristen auch immer zusätzliches Einkommen, auf das man gerade in einer solchen Region, die von den klimatischen Gegebenheiten nicht gerade bevorzugt ist, nicht verzichten möchte.

Deshalb hat man hier eine sehr einfache und doch wirkungsvolle Lösung gefunden. Zwischen den einzelnen Weiden wurden Treppen errichtet, die es den Menschen erlauben über die Steinmauern hinwegzusteigen, ohne dass sie sich um offene oder geschlossene Tore bekümmern müssten. Andererseits ist es den Schafen nicht möglich diese Treppen zu überwinden. Ungehindert kann man den Weg fortsetzen und alle sind zufrieden.

Vielleicht sollte es als Hinweis dienen, dass dies auch bei anderen Problemen möglich ist.

Wir gelangten auf eine Weide mit einer großen Schafherde. Die Tiere hatten sich über die ganze Fläche verteilt, als plötzlich ein Border Collie kam und die Schafe zusammentrieb. Es war, als wollte er uns seine Künste als Hütehund demonstrieren. Tadellos vollbrachte er sein Werk. Kurz umrundete er nochmals die Herde zuletzt, eifrig bellend. Dann war er es zufrieden und nahm sich einer anderen Herde an, unserer.

Entspannt und ruhig gesellte er sich zu uns und begleitete uns. Während wir weiter unseren Weg verfolgten, immer nach vorne, lief er neben uns her, immer wieder nach vorne an die Spitze und dann wieder zum Ende des Zuges, als müsste er sich vergewissern, dass diese Herde, derer er sich anzunehmen nun mal entschlossen hatte, auch wirklich zusammenblieb und nicht einer nach links oder rechts ausscherte. Ob die Herde nun aus Schafen oder aus Menschen bestand, was machte das eigentlich für einen Unterschied?

Viele Menschen eignen sich zweifellos ungemein für Herdentiere, die einem Führer vorurteilsfrei und fraglos folgen, wenn es sein muss bis zum Ende, zur Endlösung, und sei das Ende ein bitteres. Folgsam und gehorsam wie die Lemminge, so lange der Bauch voll, der Biernachschub sichergestellt und die Füßchen warm sind.

Nichts hat sich geändert seit der Zeit, in der offen proklamiert wurde, dass man dem Pöbel Brot und Spiele bieten müsse um ihn zufriedenzustellen, und der Hüter tat seine Pflicht. Ich war gespannt wie lange er seinem Geschäft nachgehen würde, bevor er, dessen überdrüssig geworden, umdrehen und wieder nach Hause laufen würde, doch es wurde ihm so schnell nicht überdrüssig. Fast zwei Stunden dauerte unser Fußmarsch noch bis nach Ventry, und während all der Zeit blieb er unbeirrt an unserer Seite. Wenn wir eine kurze Rast einlegten, machte auch er Pause und lagerte sich bei jemanden, von dem er zurecht Streicheleinheiten erwarten konnte.

Erst als wir in Ventry eintrafen und im dortigen Pub einen kleinen Imbiss zu uns nahmen, erst da schien er seine Arbeit als abgeschlossen zu betrachten. Eine Runde drehte er noch, zu sehen ob alle da wären, sich noch die eine oder andere Streicheleinheit oder Belobigung zu holen. Zuletzt versuchte er noch sein Glück im angrenzenden Lebensmittelgeschäft, doch dort bugsierte man ihn umgehend wieder auf die Straße hinaus. Dann erst trat er den Heimweg an.

Ich sah ihm noch nach, wie er über die Straße lief, gekonnt wartend auf den richtigen Moment, in dem die Straße frei von Autos war, und dann verschwand er um die nächste Biegung. Er war uns ein treuer Begleiter gewesen.

44. Fuchsienhecken säumten ihren Weg

Nach einer kurzen Rast, gestärkt und ausgeruht, setzten wir unseren Weg fort. Es war derselbe Ort, dieselbe Kreuzung, mit dem Kreisverkehr, an dem wir unsere Wanderung begonnen hatten. Selbst die ersten Meter waren die gleichen wie vor wenigen Tagen.

Erst als sich der Weg das erste Mal gabelte, bogen wir nach rechts ab und nicht nach links, wie vordem. Wir schlugen eine andere Richtung ein. Links war die Richtung weg und rechts die Richtung Heimat. Waren seitdem wirklich erst fünf Tage vergangen? Auch wenn wir im Vergleich zu anderen Fortbewegungsarten wohl nicht allzu viele Kilometer zurückgelegt hatten, so schien es mir doch eine ungemein große Distanz zu sein. Ich spürte sie in meinen Beinen und vor allem in meinen Schultern. Die ungewohnte physische Last darauf forderte ihren Tribut.

Alles was ich brauchte für diese Reise trug ich auf meinen Schultern, und da merkte ich auch, dass ich eigentlich mit viel weniger auskommen konnte, als ich sonst glaubte.

Beschränkung ist eine gute Erfahrung. Einteilen und gezielt verbrauchen ebenso, und selbst wenn ein Notfall eintritt wie an dem Tag, an dem unsere

Kleider vom Regen vollständig durchnässt waren, gibt es einen Ausweg, ohne sich völlig neu einkleiden zu müssen.

Man beginnt wieder die einfachen und doch so naheliegenden Möglichkeiten zu nutzen. Es ist viel weniger notwendig, als wir immer glauben, viel weniger, als wir in unserem Wahn immer für alles gewappnet zu sein, wie Schnee in der Wüste oder eine Flutkatastrophe am Berggipfel, zusammentragen, was letztlich doch immer nur ein Klotz am Bein ist. Dennoch, trotz aller Beschränkung, wurde der Rucksack von Tag zu Tag schwerer.

Vielleicht wäre auch das zu überwinden gewesen, wenn wir noch ein paar Tage weiter gegangen wären. Jetzt jedoch spürte ich es und freute mich auf eine Ankunft. Noch einen letzten Blick warf ich in die Richtung, die vor diesen paar Tagen Aufbruch bedeutet hatte. Ein wenig Wehmut erhob sich, wenn ich an mich in diesem, so kurz zurückliegenden, Damals dachte, an meine Begeisterung und meinen Enthusiasmus, an meine Neugierde und meine Freude. Es war ein guter Gedanke, und ich hoffte, ich könnte wiederkommen.

Aber sollte ich das denn wirklich? Sollte ich nicht mittlerweile gelernt haben, dass eine Erfahrung immer eine einmalige ist und niemals wiederholt werden kann?

Natürlich könnte ich denselben Weg noch einmal gehen, wiederum zwischen und Fuchsien- und Brombeerhecken hindurch, doch es wäre nicht mehr das Gleiche, denn ich wäre eine andere, allein schon deshalb, weil ich den Weg schon kennen würde und ihn nicht wirklich entdeckte.

Vielleicht würde ich anderes entdecken, was mir bei diesem ersten Gang verborgen geblieben war, weil so vieles andere meine Aufmerksamkeit bannte, und doch gibt es wohl so vieles, was es noch zu entdecken gilt. So entließ ich das Vergangene und wendete den Blick nach vorne, und als Reminiszenz an dieses Vergangene führt auch dieser Weg zwischen Fuchsien- und Brombeerhecken hindurch. Kurz dachte ich noch daran mir einen Ableger mitzunehmen von diesen Fuchsien, doch was lässt sich wirklich mitnehmen, heil und unverdorben?

Unser Weg endete an diesem Tag in Dingle, einer Hafenstadt, die schon wieder ganz andere Ausmaße hatte, als die, die wir während der letzten Tage gewohnt waren. Beinahe schon wie eine Großstadt mutete es an, mit der breiten Straße an der Küste entlang, die gesäumt war von etlichen Geschäften und mit den vielen Menschen, die sich hier tummelten. Auch unsere Unterkunft war ein großes Hotel mit Wellnessbereich und In-Door-Pool. Es war schon beinahe ein Zivilisationsschock, nach diesem Erleben, wiewohl noch immer in homöopathischer Dosierung. So wurde auch die Rückreise eine langsame, behutsame Annäherung.

45. Sprachbarrieren

Das Skelling Hotel, in dem wir untergebracht waren, lag direkt in einer malerischen Bucht. Das Meer lag ruhig und friedlich davor, wirkte eher wie ein großer See, der sich zum Ende hin verjüngte, bis nur noch eine ganz schmale Schneise offenblieb, gerade groß genug, dass ein kleines Schiff sie passieren konnte. An jeder Seite fand sich ein gemauerter Turm. Wollte der Feind, einer von damals, als immer wieder Krieg in Europa herrschte und die Herrscher auszogen um andere Länder zu erobern, diese Stadt vom Seeweg aus angreifen, so hätte er nur diese eine Möglichkeit gehabt sie zu erreichen, diese Schneise zu überwinden, doch jenseits dieser Schneise warteten bereits die wackeren Krieger der Stadt und dränten die Eindringlinge zurück.

Wir hatten noch ein wenig Zeit bis zum Abendessen, und so beschlossen wir die Stadt ein wenig zu erkunden und vielleicht das ein oder andere Andenken käuflich zu erwerben. Vielleicht ein Buch oder einen Bildband oder ein anderes Ding, das man landläufig als typisch irisch bezeichnen konnte, so wie das Kleeblatt oder die Harfe oder das Schaf. Unser Weg führte uns hinauf zur Kirche, weil man doch das Kulturelle nicht ganz aus dem Blick verlieren wollte.

„Ich würde gerne den Weg zurückgehen, den wir gekommen waren, denn da habe ich ein

Buchgeschäft gesehen, das ich noch schnell heimsuchen möchte", bat ich, und nachdem wir Schafwollpullover und Decken, Fingerhüte und Bierkrüge, einen Spar-Markt und die Eisdiele bewundert hatten, gingen wir eben jenen Weg zurück. Ich stand schon beim Eingang des Buchgeschäftes, als ich plötzlich stutzte.

Was war da passiert? Da drinnen, da sah es nach vielem aus, nur nicht nach Buchgeschäft. Nicht nur, dass weder Bücher noch entsprechende Regale vorhanden waren, das Geschäft war noch dazu vollgestellt mit den allseits bekannten Glücksspielautomaten und über der Budel hingen etliche Flachbildschirme, von denen man Wettquoten zu den verschiedensten Spielen ablesen konnte. Und ich war mir so sicher gewesen, dass ich hier ein Buchgeschäft gesehen hatte, vollkommen sicher. Wie konnte mir nur so ein Irrtum unterlaufen?

Ich trat vom Eingang zurück, und nahm das Schild in Augenschein, das über der Tür prangte. Ich las es nochmals, langsam und deutlich.

2Aber da steht ja Book ....", und da fiel es mir endlich wie die sprichwörtlichen Schuppen von den Augen, „Bookmaker", las ich resigniert.

Ja, das hieß natürlich wörtlich übersetzt „Buchmacher", aber dabei handelte es sich nicht um jemanden, der Bücher macht, geschweige denn welche verkauft.

Natürlich war es ein Fehler, der niemanden geschadet hatte und damit durchaus verzeihlich genannt werden kann, aber wie schnell kann sich solch ein simpler Verständigungsfehler tiefe Kreise und Verwicklungen nach sich ziehen.

Man sollte sich eben immer ein wenig Zeit lassen beim Verstehen. Es kann so vieles schieflaufen, wenn wir zu oberflächlich, zu lässig beim Verstehen agieren, so vieles nach sich ziehen, was vermeidbar gewesen wäre, hätten wir uns beim Verstehen nur ein wenig mehr Zeit gelassen und genauer darüber nachgedacht.

Wir tragen den Weg an, zurück zum Hotel und gingen in den Speisesaal, gerade zur rechten Zeit für das Abendessen. Brot und Wasser stand bereits auf den Tischen. Es ist ein kleines Stück wie nach Hause kommen, da man sich willkommen fühlt. Da der Speisesaal von Glas umrahmt war, konnten wir während des Essens aufs Meer hinaus blicken, und es war gerade zur Zeit des Sonnenuntergangs.

Rotglühend versank die Sonne im Meer. Immer wieder hat es etwas Beruhigendes, denn es ist so wie es gehört, auch an diesem Abend, und trotz des Gewohnten ist es auch immer wieder aufs Neue faszinierend, das Spiel der Farben und die Wärme des Erlebens. Ergreifend und beruhigend, in seiner

Einfachheit und Schlichtheit. Die Natur braucht nicht mehr.

Doch wieviel brauchen wir wirklich? In der Besinnung darauf liegt der Schlüssel zum Glück.

46. Beinahe wie im Märchen

Fast hätte ich es übersehen, aber als ich mich dazu entschloss statt den Wellnessbereich aufzusuchen nach dem Abendessen noch einen Spaziergang zu machen, entdeckte ich es. Es kommt eigentlich so gut wie nie vor, dass es mir passiert.

Ich verließ das Hotel und ging den Strand entlang in Richtung des Turmes. Es war bereits dämmrig, und so war er gut zu sehen, der Vollmond. Ich mag es, Wege zu gehen, die ich noch nicht kenne, und wenn es dunkel ist, ist es besonders spannend.

Silbriges Mondlicht verlieh dem Land eine ganz eigene Stimmung. Sanft und warm wirkt es, und die Schatten werden deutlicher. Die Konturen sind nicht so scharf und schneidend wie bei Tag. Alles scheint ineinander zu fließen, und so verspürte ich, obwohl es Nacht war und ich allein im Unbekannten, keine Angst, ja nicht einmal Furcht.

Es war, als würde ich willkommen geheißen, und der Mond begleitete und behütete mich. Es war ein schöner Weg, immer am Meer entlang. Auf der anderen Seite erstreckten sich Felder und wenige vereinzelte Häuser fanden sich. Sie wirkten wie alte Herrschaftshäuser. Nirgends brannte Licht. Ob sie wohl ganz verlassen waren oder die
Besitzer nur nicht zu Hause? Aber alle gleichzeitig.

Sie schienen schon bessere Tage gesehen zu haben, wie man so schön sagt. Aber was bedeutet für ein Haus bessere Tage? Dem Haus selbst wird es wohl egal sein wer in ihm wohnt und wie lebendig es zugeht.

Es waren die Tage, da diese Häuser noch mehrere Generationen beherbergten, wo die alten Menschen noch ganz normal in den Familienalltag integriert waren und die Kinder frei und ausgelassen spielen und toben durften, wo die Weite ihr Refugium war, wo sie sich frei bewegen durften und die Phantasie regierte. Nicht viel war notwendig, außer dem was die Natur bot, um Kinder glücklich zu machen. Vereinzelt standen Bäume, immer in kleinen Gruppen und wirken durch die kontrastierten Schatten noch imposanter.

Ich folgte dem Weg, bis zu dem Turm. Es ist ein schlichter, einfacher, viereckiger Turm. In ungefähr drei Metern Höhe sind vier Fenster, jedes an einer Seite des Turms, doch es gibt keinen Eingang. Durch das Fenster sind Reste einer Treppe auszumachen, die wohl einmal hinaufgeführt haben. Es ist als wäre der Turm gerade so breit gemacht worden, dass diese Treppe darin bequem Platz fand. Nichts weiter. Aber wozu sollte eine Treppe gut sein, wenn man sie mangels eines Zugangs nicht emporsteigen konnte?

So besah ich mir das Mauerwerk genauer, und erkannte, dass da doch einmal ein Eingang gewesen sein musste. Doch er war zugemauert worden. Sofort fällt mir das Märchen vom Rapunzel ein, das auch in einem Turm eingesperrt war.

Unzählige Geschichten gibt es wohl von Menschen, die die Bürde einer bösen Prophezeiung trugen und aus eben diesem Grund eingesperrt wurden, ohne dass sie es wussten, denn eben jenes Nicht-wissen setzt die Tragödie in Gang. Jeder weiß um den Ausgang, dass sich die schreckliche Prophezeiung erfüllt. Niemand kann seinem Schicksal entrinnen, soll das wohl heißen.

Ich würde die Prinzessin befreien und ihr die ganze Wahrheit erzählen, doch ich war allein bei diesem halbverfallenen Turm. Es gibt keine Prinzessinnen mehr, die man befreien könnte, und auch keine bösen Prophezeiungen. Die Welt ist naturwissenschaftlich erforscht und erklärt. Mystik und Märchen sind in den Bereich des vorrationalen verbannt worden, doch die Sehnsucht danach bleibt.

Wie langweilig eine völlig rational erklärbare, enträtselte Welt doch wäre. Ich sah den Turm wie er war, und hatte nicht mehr den Wunsch ihn von innen zu sehen, denn es hätte mich doch bloß enttäuscht. Langsam trat ich den Rückweg an.

47. Derselbe Weg, ein neues Erleben

Langsam ging ich zurück. Strahlend stand der volle Mond am Himmel und beleuchtete den Weg. Ich hatte das Hotel schon fast erreicht, als ich in das grelle Licht einer Stirnlampe sah. Wen es wohl zu dieser Zeit auf diesen einsamen Weg verschlägt, dachte ich mir, denn das Licht blendete mich derart, dass ich den Träger der Lampe nicht zu erkennen vermochte.

Erst als er mich begrüßte, wusste ich, dass es jemand meiner Mitfahrenden oder besser Mitgehenden war. Ich freute mich darüber. Auch er hatte sich auf den Weg gemacht diesen Turm zu besuchen. Eigentlich wollte er den Weg alleine gehen, was ich sehr gut verstehen konnte, so dass ich mich bereits anschickte weiterzugehen, als er mich doch fragte, ob er ihn nicht begleiten wolle.

Ich fragte nach ob er sich sicher wäre, dass er das wolle, denn manchmal, da tut es einfach gut mit sich und seinen Gedanken allein zu sein, für sich zu erleben. Wie oft geschieht es dann, dass wir uns dann Gesellschaft aufzwingen lassen, sei es aus Höflichkeit oder Rücksichtnahme auf das, wovon man meinte, es gehöre sich jetzt so, und dennoch denkt man sich, wie schön es doch gewesen wäre allein zu sein. Aus den edelsten Motiven macht man sich selbst das schönste Erleben zunichte.

All das gab ich zu bedenken, und nachdem er trotzdem meine Begleitung wollte, ging ich den Weg zum Turm ein zweites Mal. Der Weg war derselbe, und auch an und um den Turm hatte sich während der letzten halben Stunde nichts verändert, und dennoch war das Erleben ein anderes im Miteinander. Wir plauderten, über alles was uns gerade in den Sinn kam. Immer wieder fanden sich Anknüpfungspunkte, so dass uns das Gespräch trug, mal hierhin, mal dorthin.

Mit sich selbst die Erfahrung zu machen ist eine stille Weise, sie mit anderen zu teilen ist eine einigende. Beides ist notwendig und hat seine Berechtigung. Beides bereichert uns, und bildet die zwei Seiten der gleichen Medaille. Und auf diesem Weg durfte ich hintereinander beides erleben.

Als ich ins Hotel zurückkehrte, sah ich mich um. Ein paar von unserer Gruppe hatten sich noch in der Bar niedergelassen, um dort den Abend ausklingen zu lassen.

So verschieden die Menschen, so verschieden die Möglichkeiten den Abend zu verbringen, doch letztlich findet man wieder zusammen, lässt sich erzählen vom Erleben der anderen, vom je individuellen und erzählt von seinem eigenen. Und jedes davon findet seinen Platz.

Es herrschte eine freie, respektvolle Atmosphäre, die jedem Einzelnen sein Eigen-sein beließ, ohne sich genötigt zu fühlen das eine gegen das andere abzuwägen, zu beurteilen und wohl auch zu verurteilen, abzuurteilen.

Jedes eigene Erleben hat seinen Wert in sich. Es muss sich weder Messung noch Prüfung unterwerfen, außer der der Authentizität, doch was ließe sich daran urteilen? Ich war müde, sehr müde als ich mich in mein Zimmer zurückzog. Ab und an ist es gut allein zu sein, dachte ich, während ich im Bett lag und den Tag nochmals Revue passieren ließ.

Ab und zu ist es gut einfach ruhig zu sein und die Bilder selbst klingen zu lassen, auch wenn es nicht die echten Bilder sind, die realen, sondern die, die sich in meinem Kopf entwickelt hatten, die die Eindrücke hinterließen, verzerrt durch meine persönliche Wahrnehmung, die sie erst im wahrsten Sinne des Wortes zu meinen werden lassen.

Ab und an ist es gut alleine zu sein, doch ich könnte mir nicht vorstellen es immer zu sein. Sich selbst zu genügen, das ist für manche ein Ideal, aber wenn es das ist, dann bin ich noch nicht so weit.

48. Der Tod macht keinen Unterschied

Am nächsten Morgen ging es weiter, wieder mit dem Bus. Es war ungewohnt, mittlerweile, so lange zu sitzen, so lange untätig verweilen zu müssen, nach den langen Fußmärschen, ungewohnt, und der Körper verlangte nach Bewegung.

Ein erster kurzer Halt wurde am Inch Beach eingelegt. Ein malerischer Sandstrand. Ganz alleine waren wir dort. So weit der Blick reichte, war nichts als Sandstrand zu sehen. Die Möwen hatten ihn an diesem Morgen in Beschlag genommen, und nur sie alleine.

Wahrscheinlich herrschte während der Sommermonate reger Betrieb und das kleine Gasthaus, das einzige, das ich entdecken konnte, hatte sich über den Geschäftsgang nicht beklagen können, doch jetzt war die Saison vorbei, und das Gasthaus war geschlossen.

Verlassen war es, so wie der Strand, den sich die Möwen sofort wieder angeeignet hatten. Immer erobert sich die Natur die Fläche zurück, die der Mensch verlässt, und überwuchert die Zerstörung, die er hineingebracht hat, so gut es eben geht. Schon wurden wir wieder in den Bus gescheucht. Das Programm war dicht. Die Fotos waren im Kasten. Alles erledigt. Doch wieder nur Fototouristen? Offenbar geht es nie ganz ohne Kompromisse.

Unser nächster Aufenthalt war in Glendalough, dem Tal der zwei Seen. Dabei handelt es sich um ein Tal in den Wicklow Mountains, nur etwa 40 km in südlicher Richtung von Dublin entfernt, wobei sich am unteren der beiden Seen eine Klosteranlage befindet, eine der berühmtesten in Irland, das wohl nicht ohne Grund, denn im 6. Jhdt. - so erzählt die Historie - ließ sich hier der Heilige Kevin nieder, der - so erzählte die Legende - ähnlich dem Heiligen Franziskus von Vögeln begleitet wurde. Im Einklang mit der Natur und zurückgezogen lebte er als Eremit.

Doch lange ließ sich dieses zurückgezogene Leben nicht aufrechterhalten, denn die Menschen strömten zu ihm, wohl um ihn um Rat und Hilfe zu bitten. Rasch wurde aus der Einsiedelei ein belebtes Zentrum und eine Schule der iroschottischen Kirche entstand.

Nur 600 Jahre später, im 12. Jhdt. lebten mehr als 3.000 Menschen in diesem Tal und sieben Kirchen waren errichtet worden. Mittlerweile hat der Verfall Einzug genommen. Das Kloster, aufgelöst im 16. Jhdt., ist verlassen und es sind nicht mehr die Einwohner, die das Tal lebendig erscheinen lassen, sondern die vielen Besucher.

Zahlreiche Geschäfte und Verkaufsstände haben sich der Bedürfnisse der Touristen angenommen, auch für das leibliche Wohl ist gesorgt. Eifrig besuchen sie den Rundturm, der noch erhalten, wie ein Mahnmal gen Himmel ragt. Daneben besteht noch eine kleine Kapelle aus dem 11. Jhdt., die der Zeit getrotzt hat, oder den Eroberern der Zerstörung unwürdig erschien, umrahmt von einem weitreichenden Friedhof. Neben alten Gräbern, deren Anlagedatum nicht mehr eruierbar ist, halb versunken manche bereits in der Erde, bestehen auch Gräber neueren Datums. Ein Zeichen dafür, dass der Friedhof immer noch genutzt wird.

Ein Grab zieht meine Aufmerksamkeit besonders auf sich. Ein Kindergrab. Vier Monate durfte das kleine Mädchen leben, das hier begraben war. Viel zu kurz, doch der Tod kennt keinen Unterschied. Und dennoch fallen die Sonnenstrahlen zwischen den Zweigen hindurch. Es macht den Gedanken an dieses kleine Leben, das ausgelöscht wurde, nicht erträglicher, aber es ist ebenso da wie die Mahnung, dass es Dinge gibt, die wir nicht beeinflussen können, so sehr wir es auch wünschen, und an denen wir keine Schuld tragen, auch wenn es fast unmöglich ist sich damit abzufinden.

Dennoch, die Sonne wird scheinen, und der Regen wird fallen. Es macht keinen Unterschied im Weltenlauf, nur den Menschen, die es betrifft, wird die Welt nie mehr so werden wie sie zuvor war.

Die Leere, die der Tod mitten ins Leben reißt, in ein beginnendes, erst sich findendes Leben, kann nie mehr gefüllt werden, doch man kann Rosen wachsen lassen, die die Leere begrenzen, denn auch wenn so etwas passiert, geht das Leben weiter.

Niemals so wie zuvor, aber doch in der Veränderung. Es ist schwer sich wieder zurechtzufinden, und während ich meine Runde um den Friedhof fortsetze, denke ich, dass selbst solch ein unbegreifliches Geschehen seinen Sinn hat, auch wenn ich ihn nicht zu sehen vermag.

49. Tod und Neubeginn

Ich besehe den Rundturm und die Kapelle, gehe zwischen den Gräbern hindurch, ab und an innehaltend. Keltische Kreuze und Engelsstatuen dominieren. Neben dem Friedhof verläuft ein Bach, der beschirmt ist von hohen Bäumen, zwischen denen er sich hindurchschlängelt. Neben dem Tod das Leben. Neben dem Leben der Tod. Beides gehört zusammen. Beides hat seine Berechtigung, wenn nicht gar seine Notwendigkeit.

Das Wasser entspringt in den Bergen und bringt das Leben, der Natur und den Menschen, trotz dem sie sich weit von der Natur entfernt haben, immer noch nicht verstehend, wie sehr sie von dieser Natur abhängig sind, von klarem, reinen Wasser, von atembarer Luft und von essbaren, unverseuchten Pflanzen. Vielleicht beginnt der Mensch dann zu verstehen, wenn das Wasser nicht mehr trinkbar, die Luft nicht mehr atembar und die Pflanzen nicht mehr genießbar sind, aber dann wird es zu spät sein. Inzwischen feiern die Menschen immer wieder einen neuen Anfang.

Ich entdecke eine Wiese, gleich neben dem Friedhof, und von diesem nur durch einen kleinen Zaun abgetrennt. Einige Tische und Sessel wurden darauf gestellt, gedeckt mit feinen, weißen Damasttischtüchern und Porzellan. Auf einem Tisch, der ein wenig abseits steht, ist ein Buffet vorbereitet. Bald schon trifft eine illustre Gesellschaft ein, in ihrer Mitte, zwei strahlende junge Menschen, eine Frau und ein Mann.

Die Frau trägt ein bodenlanges, tief dekolletiertes, mit zarter Spitze besetztes winterweißes Kleid und der Mann einen schlichten, aber deshalb nicht weniger eleganten Smoking. Direkt neben dem Friedhof wird eine Hochzeit gefeiert, der Beginn eines neuen Lebensabschnittes für diese beiden Menschen. Hier findet das Leben statt, ein Anfang, eine Neuwerdung. Sie denken nicht an den Tod, der nebenan wohnt, still und lautlos. Die Toten sprechen nicht mehr. Sie sind unauffällig, doch das Leben bricht sich seine Bahn, der Anfang, immer wieder, trägt das Lachen und die Freude, und lässt uns vergessen, dass der Tod gleich nebenan wohnt. Es ist gut darauf zu vergessen, denn auch die Heiterkeit soll ihren Platz bekommen, und dennoch bildet selbst der Tod einen Teil dieses Lebens. Er gehört dazu. Er ist nicht immer grausam und unverständlich. Manchmal, da bedeutet er auch Erlösung und Erleichterung, ist er willkommen.

Ich setze meinen Weg fort und nehme die Freude des Anfangs mit, so wie die Bedächtigkeit des Gedankens an den Tod, besehe die obligatorischen Andenken, die sich in den Läden häufen und lausche den Klängen eines Dudelsackes. Es scheint alles stimmig zu sein, die Musik und die Freude, das heitere Plätschern des Wassers und der Beginn, genauso wie das heitere Plätschern des Wassers und der Ende. Alles gehört zu dem einen Fluss des Lebens. Gnädig läuft das Wasser darüber und macht keinen Unteschied, schenkt sich den Dürstenden, ob Herr oder Knecht, ob Frau oder Mann, ob Christ oder Jude, ob Schwarz oder Weiß, schenkt sich und damit Leben. Es kennt keinen Unterschied, so wie der Tod. Es ist ein tröstlicher Gedanke, dass es noch immer Dinge auf der Welt gibt, die man sich nicht mit Geld kaufen kann, weder das Leben noch das Stillen des Durstes des Herzens. Vielleicht gibt es Menschen, die sich bessere "rste, bessere medizinische Versorgung leisten können, weil sie in der Lage sind dafür zu bezahlen, aber niemand auf der Welt kann sich vom Tod freikaufen. Niemand kann ewig leben. Der Tod kennt keinen Unterschied. Manchmal ist es gut daran zu denken. Manchmal ist es tröstlich, wie ein Anvertrauen an das Unbekannte, denn selbst in der finstersten Nacht weiß ich, immer gibt es einen Ort und eine Zeit des Ankommens. Kein Ort ist so einsam, dass ich gänzlich verlassen wäre. Vielleicht ist es diese letzte, alles umfassende Verlässlichkeit, die der Eremit Kevin in diesem Tal suchte, da sie leise und sanft ist, und zumeist vom Trubel der Welt übertönt wird.

50. Wo Gott wohnt

Unsere Welt wird zusehends säkularisierter, wobei dieser Begriff "unsere Welt" doch wohl einen gewissen imperialistischen Beigeschmack hat, dennoch bleibt dies oft unbewusst.

Unsere Welt, gemeint ist damit die westliche Welt, das kleine Europa und die USA, oft auch gerne als erste Welt bezeichnet - und alles was sonst noch kommt ist schlechter, so wie die Einteilung auf einem Siegertreppchen. Ganz oben steht der Erste, der Sieger, der der irgendetwas am besten macht.

Natürlich, diese sogenannte Erste Welt ist in Vielem unbestrittener Sieger, wie z.B. In der Verschwendung von Ressourcen, in der Zerstörung der Umwelt, in der Manipulation von Menschen, in der Unterdrückung der Schwächeren und der Aufrechterhaltung des Elends, in der Selbstrezeption als Herrenmenschen gegenüber den Ländern, die sie permanent in Schuldknechtschaft nehmen, wobei ich mir durchaus bewusst bin, dass das Wort "Herrenmensch" schon anderweitig benutzt wurde, in der Naziideologe. Auch wenn es als Terminus wohl niemand auszusprechen wagt, auch wenn es niemand eingestehen würde, die großen Wirtschaftsbosse fühlen sich so, doch auch wir anderen können uns nicht freisprechen von der Verantwortung, denn unser Wohlstand ist gebaut auf den Gräbern der Chancen der Menschen, die wir permanent ausbeuten und niederzwingen. Kaum jemand, den das stört.

Die Wirtschaft ist zur Religion geworden, das ökonomische Prinzip der Gottesdienst, oder genauer gesagt, der Götzendienst, die permanente Anbetung des Goldenen Kalbes, obwohl wir dennoch behaupten, dass wir säkularisiert sind.

Nun, das sind wir wohl auch, und es ist auch gut so. Die Religion hat ihren eigenen Platz, und jeder darf seinen Glauben leben wie er will, zumindest offiziell, denn was die Glaubensgemeinschaft betrifft, so darf man wohl jeder angehören, die einem beliebt, so lange man sich der Wirtschaftsordnung nicht widersetzt.

Christliches Denken, christliches Handeln und christliches Leben zwingt jedoch gerade dazu, so dass die Trennung von Religiösem und Politischen nicht zuletzt dazu dient die mahnende Stimme zum Schweigen zu bringen. Es gibt kein Korrektiv mehr, und wo der neoliberalen Wirtschaft keine Grenzen gesetzt wird, wo niemand ein menschliches Maß einfordert, dort wuchert sie unbeschränkt, so dass sie bald alles unter sich ersticken wird.

So ist es doch gut zu wissen wo Gott wohnt. Ich habe es gefunden. In einer kleinen Hütte, die den bezeichnenden Namen "Gods Cottage" trägt. Endlich haben die andauernden Diskussionen darüber, ob es Gott wirklich gibt oder nicht, endgültig ein Ende gefunden, denn dort, in jenem Cottage kann man Gott besuchen kommen, sicherlich nur während der Öffnungszeiten, aber über diese kann man sich ja schließlich im Internet erkundigen oder vor Ort an der Anschlagtafel, und wenn man schon mal vor Ort ist, kann man wohl auch warten bis Er wieder sein Haus für Besucher öffnet.

Darüber hinaus besteht hier auch die Möglichkeit mit Jesus zu telefonieren, für den Fall, dass vielleicht Gott Vater gerade nicht zu Hause ist, kann man sich zumindest mit Jesus unterhalten. Was für ein sensationelles Angebot, denn man bezahlt nicht einmal Roaming-Gebühren dafür.

Damit dürften doch wohl alle offenen Fragen ein für alle Mal geklärt werden, und ich nehme mir vor, wenn ich das nächste Mal in solch eine theologische Diskussion verwickelt werden sollte, dann nehme ich einen Zettel zur Hand, schreibe eine Adresse darauf, und übergebe sie dem Skeptiker mit den Worten, dass er doch Gott selbst fragen könne, ob es ihn gibt oder nicht, denn er wohnt in Irland.

Wobei es eigentlich das Logischste auf der Welt ist, dass Gott in Irland wohnt, denn wo sollte er sonst wohnen, als in einem Land, in dem es so viele Schafe oder, besser gesagt, Schäfchen gibt? Wo sonst sollte sich Gott auf Erden zu Hause fühlen, als dort, wo er mit Seinem Sohn kostengünstig telefonieren kann? Wo sonst sollte er leben, als in „Gods Cottage"?

51. Stell Dir vor, es soll Krieg geben ...

Wieder ging es weiter mit dem Bus, weg von Glendalough nach Bray, einen malerischen Badeort im County Wicklow. Und es war eine richtige Stadt. Es war das nagende Gefühl, dass es nun wirklich ernst wird mit der Rückkehr. Die kleinen, verträumten Nester hatten wir nun eindeutig hinter uns gelassen, um uns wieder in Bereiche zu begeben, in denen die Menschen sich zusammenrotten, kumulieren im wahrsten Sinne des Wortes, indem die Häuser näher stehen und höher hinaufragen.

Unser Hotel lag direkt an der Küstenstraße, neben dem malerischen Hügel Bray Head, mit immerhin 241 Metern Höhe. Es war bereits später Nachmittag als wir ankamen. Nur noch schnell den Rucksack im Zimmer verstaut, dann begab ich mich auf die Strandpromenade, denn der Körper verlangte nach Bewegung. Hier herrschte reges Leben.

Ich beobachtete Eltern mit Kindern, die die Spielgeräte nutzten oder auch einfach nur so am Kiesstrand oder in Wiesen tollten. Es braucht nicht viel um angeregt zu spielen, außer die nötige Phantasie. Hundemenschen mit ihren Hunden promenierten am Strand, und während sich die Menschen unterhielten spielten die Hunde miteinander. Alles wirkte entspannt, und weder Kinder- noch Hundemenschen kamen sich gegenseitig in die Quere, obwohl beide Areale nicht strikt voneinander getrennt waren.

Es war schön dies erleben zu dürfen, sonst hätte ich annehmen müssen, es ginge überall so zu wie bei uns, wo sich immer eine Gruppe gegenüber der anderen eingeschränkt fühlt oder die einen die anderen in ihre Schranken weisen. Hier passierte dies ganz selbstverständlich. So gelangte ich bis zum Ende der Promenade, an der der kleine Hafen liegt, gerade groß genug, dass kleine Sportboote die Einfahrt passieren konnten.

Gebannt sah ich zu wie sich Mutige in die Fluten stürzten, und das bei gerade mal 14 Grad Wassertemperatur. Es beeindruckte mich sehr, zumal ich selbst schon beim Gedanken daran am ganzen Körper zu zittern begann. Etwas entfernt vom Hafen lag ein großes Segelschiff vor Anker. Und ich wurde darüber aufgeklärt, dass im Nachbarort, der über einen größeren Hafen verfügt, eine internationale Segelbootschau stattgefunden hatte.

Schnell kam man ins Gespräch, hier in Irland. Die Promenade wäre ein wunderbarer Weg diesen Nachbarort zu Fuß zu erreichen, und dort könne man viele solcher beeindruckenden Segelboote bestaunen.

Beinahe hätte ich übersehen, dass es Zeit war fürs Abendessen durch dieses interessante und informative Gespräch, und während ich zum Hotel zurückging, betrachtete ich den Turm, der errichtet wurde, zu jener Zeit, als der Ruf laut wurde, dass Napoleon mit seinen Truppen hier einfallen würde. Überall wurden in Folge dessen derartige Türme erbaut, um die Schiffe Napoleons rechtzeitig sichten und entsprechend reagieren zu können, doch entgegen aller Ankündigungen kam er nicht, und die angekündigte Katastrophe fand nicht statt.

Stellt Euch vor, es soll Krieg geben, aber dann passiert er nicht, und die Menschen konnte unbehelligt ihr Leben weiterführen. Es kommt wohl allzu selten vor, dass man solche Dinge erfahren kann. Und heute dient der ehemalige Wachturm als Aussichtsplattform, von der aus man einen wunderbaren Blick über die Stadt und das Meer hat. Letztendlich findet so alles seine Bestimmung, und dazu ist nichts weiter notwendig als ein wenig Phantasie.

Gemeinsam wurde zu Abend gegessen und im Anschluss die Stadt erkundet auf der Suche nach einem gemütlichen Pub, den Tag zu beschließen mit einem Bier oder einem Whiskey oder beidem.

In einer illustren Runde, im heiteren Gespräch, und das Gemeinsam ist ein erfülltes, lebendiges. Das erlebte ich während der ganzen Reise, doch es gibt Dinge, derer man nicht überdrüssig wird, an denen man sich vielmehr jedes Mal aufs Neue erfreuen kann.

Es sind die Momente, in denen man selbst gemeint ist, angesprochen als Du, jeder Einzelne.

52. Aufstieg in den neuen Morgen

Noch eine charmante Eigenheit, von der ich zwar bereits berichtetet, muss ich nochmals erwähnen, da sie mir an diesem Morgen ganz besonders zu Gute kam, und das ist jene, dass sich in jedem Hotelzimmer ein Wasserkocher befindet, womit man sich selbst zu jeder Tages- und Nachtzeit Kaffee oder Tee zubereiten kann. Ich habe das weidlich ausgekostet. Ein letzter Tee am Abend vor dem Schlafengehen, und ein erster Kaffee, auch noch im Bett, bevor ich zum Frühstück ging. Der Tag endet geruhsam und beginnt entspannt. Doch am meisten wusste ich diesen Service an diesem Morgen zu schätzen, da ich so früh aufstand, dass es noch kein Frühstück gab, so früh, dass es noch dunkel war. Entgegen meiner Gewohnheit war ich freiwillig zu dieser frühen Stunde aufgestanden. Wie es dazu kam?

Wie ich bereits erwähnte, lag neben unserem Hotel ein Hügel mit dem Namen Bray Head. Manche von uns hatten ihn noch am Vortag bestiegen, doch eine andere Gruppe hatte beschlossen an diesem Morgen hinaufzugehen um dort den Sonnenaufgang zu sehen. Offenbar war ich immer noch sehr motiviert, denn ich beschloss mich dieser Gruppe anzuschließen.

Und so versammelten wir uns zur vereinbarten Zeit in der Lobby. Zunächst führte uns unser Weg ein

Stück die Promenade entlang, um dann rechts abzubiegen zum Hügel. Zwischen den Bäumen war es noch recht dunkel, so dass man sehr genau aufpassen musste wohin man seine Schritte setzte, zumal auch hier wieder der Weg eher ein Trampelpfad war, durchbrochen von starken Wurzeln und anderen Stolpermöglichkeiten. Hier ließ man die Natur Natur sein, und der Mensch war zwar willkommen, aber nicht der Mittelpunkt des Geschehens.

Es war frisch um diese Tageszeit, doch das weckte die Lebensgeister, und ich spürte, wie ich mit jedem Schritt aufwärts agiler und lebendiger wurde. Ungefähr 20 min dauerte der Aufstieg, und oben angelangt wusste ich, dass sich der Aufstieg gelohnt hatte, denn der Ausblick über das Land, das Meer war atemberaubend.

Wir verteilten uns rund ums Gipfelkreuz, den neuen Tag, die Sonne zu erwarten. Langsam erhob sie sich am Horizont, noch kurz verdeckt von einem schmalen Wolkenband, um dann in voller Pracht zu erstrahlen.

Und ganz gleich wie viele Sonnenaufgänge ich schon erlebt hatte, und noch erleben werde, es ist doch immer ein ganz besonderes Erlebnis, denn wieder gibt es einen neuen Tag, mit all den Möglichkeiten, die in ihm liegen, dieser eine Tag, der seinen Brüdern gleicht, und doch für sich einzigartig ist, denn es hat ihn niemals gegeben und es wird ihn niemals mehr geben, diesen einen, diesen Tag. Es hat Sinn aufzustehen, es hat Sinn zu leben, konnte ich an diesem Tag sagen, nicht einfach nur so dahin, sondern voller Überzeugung.

Heiter und beschwingt nahm ich den Abstieg in Anspruch. Es versprach ein warmer Tag zu werden, und der Aufstieg hatte meinen Appetit geweckt, so dass ich kräftig zulangte, denn mittlerweile war auch das Frühstücksbüffet eröffnet worden. Hier traf die ganze Gruppe wieder aufeinander, die die den Berg erstiegen hatten, und die, die es vorzogen noch zu schlafen oder einen Strandspaziergang zu machen. Jeder kam mit seinem eigenen Erleben und hatte seine eigenen Erfahrungen, die er weitergeben konnte.

Kurz darauf stand schon wieder der Bus bereit, denn es galt nun eine neue Entdeckung zu machen, eine andere Stadt zu besichtigen, und wohl auch eine richtige Stadt, zumindest der Größe nach, denn unser Weg führte uns in die Hauptstadt, nach Dublin.

Grundsätzlich kann ich mit Großstädten nicht viel anfangen. Natürlich überzeugt allenthalben das kulturelle Angebot, aber es bedeutet auch entsprechend viel Verkehr und viele Menschen. Selbstverständlich hat jede Stadt ihren eigenen, besonderen Charakter - ich beschloss mich überraschen zu lassen.

53. The Book of Kells

Pünktlich wie geplant fuhr der Bus ab, der uns nach Dublin brachte. Ich kann nicht behaupten, dass die Freude im Vordergrund stand, sondern eher die Spannung, Anspannung, wie es mir mit der Stadt ergehen würde. Ich sah mich schon verloren, inmitten der vielen Leute und der großen Häuser, des Überragenden und auch Beengenden, aber wer weiß. Vielleicht kommt es auch ganz anders. Aber es zieht mich eher in die Weite, wo ich aussehen und atmen kann.

Es war ein kurzer Weg, und schon fuhren wir zwischen Häuserschluchten hindurch. Ich will gar nicht bestreiten, dass jede Stadt ihren eigenen Charakter, und womöglich auch ihren eigenen Charme hat. Ebenso unbestreitbar ist jedoch, dass es gewisse Merkmale gibt, die jede Stadt gemeinsam hat, die sie als Stadt kennzeichnet, ganz gleich ob sie 400.000 oder 4.000.000 Einwohner hat, und das ist das Viele auf einer Stelle.

Platz wird kostbar, und dennoch zieht es immer mehr Menschen in die Städte, die unerbittlich wachsen und sich ausbreiten. Die Menschen sitzen fast schon aufeinander, außer denen, die es sich leisten können und genügend Grund ihr Eigen nennen, um sich abgrenzen zu können.

Das Glück findet man in der Stadt, heißt es, aber zumindest Arbeit und Einkommen, eine Lebensgrundlage, die am Land immer spärlicher wird, doch letztendlich fressen die Lebenshaltungskosten die Lebensgrundlage wieder auf, aber immerhin gibt es eine.

Aber viele Menschen auf engem Raum führen auch zu den entsprechenden sozialen Problemen. Ratten werden aggressiv, wenn zu viele von ihnen auf engem Raum zusammengesperrt sind, aber das gilt wahrscheinlich nur für Ratten. Könnte es mir nicht egal sein? Ich habe schließlich das Privileg am Land leben zu können, wie viele andere nicht. Was kümmert es mich also? Schließlich ist man sich doch immer selbst am nächsten.

Wir kümmerten uns nicht um die gegenwärtigen Probleme, noch nicht, sondern tauchten ein in die Vergangenheit, vorerst einmal. Ein Buch sollten wir besichtigen. Dazu wurden wir verdonnert. Hat sich was mit Freiheit. Natürlich, ich habe viel übrig für Bücher, aber jetzt gerade war mir eher danach durch die Stadt zu stromern, wenn ich schon mal da war, doch es nutzte nichts.

Ein uraltes Buch sollte es sein, noch dazu, aus dem 8. Jhdt. Also gut, es würde zu überstehen sein, doch dann sah ich die Schlange, die sich vor dem Eingang der Bibliothek des Trinity College gebildet hatte, die aus lauter Menschen bestand, die ganz wild darauf waren diese Handschrift zu sehen.

Verzweifelt suchte ich einen Ausweg um dem doch noch zu entgehen, aber da waren wir schon drinnen, und ich sah es, das Book of Kells, das im Jahr 2011 zum Weltkulturerbe erklärt worden war.

Dabei handelt es sich um die Abschrift der vier Evangelien, bestückt mit ganzseitigen Abbildungen von Christus, Maria mit dem Kind und den Evangelisten. Die Schrift war ungemein aufwendig, die Initialen teilweise mit feinst ziselierten Mustern versehen. Ein wahres Meisterwerk der frühmittelalterlichen Schreibkunst, und es ist wohl mehr als Kopie, es ist ein eigenständiges Kunstwerk, erweitert eigenständig um traditionelle keltische Motive.

Neben dem Werk selbst erhielt man Einblick in die Farbherstellung und die Schreibarbeit, die mit so viel Liebe und Hingabe durchgeführt war. Zutiefst beeindruckt fand ich mich, auch von der Bibliothek, und wohl auch ein wenig beschämt, da ich zu solch einem bereichernden Erleben hatte gezwungen werden müssen.

Lasst es Euch also gesagt sein, wenn ihr nach Dublin kommt, dann schaut es Euch an, das Book of Kells. Aber lasst auch nicht die Bibliothek aus, und vor allem nicht den Souvenirladen.

Bereichert verließ ich die Bibliothek. Der Sinn einer Aufgabe liegt in ihr selbst, und die Hingabe an diese

Aufgabe verleiht dem eigenen Leben Würde und Sinn, und dieser Sinn lässt sich zum Glück nicht auf einen monetären Wert beschränken.

54. Verloren gegangen

Wir verließen die Bibliothek, jeder ein wenig mehr bepackt als zuvor, nicht nur mit einer immateriellen Erfahrung, sondern auch mit durchaus materiellen Andenken. Gemeinsam gelangten wir bis in eine Fußgängerzone.

Menschen schoben sich, so wie ich es befürchtet hatte, und wir blieben stehen um einem Mann zuzusehen, der Kunststücke mit einem Fußball präsentierte. Als ich ein Geschäft entdeckte, das ich unbedingt besuchen wollte, zwecks eines Geschenkes. Kurz überlegte ich noch, ob es auffallen würde, wenn ich da ganz kurz hineingange. Ich entschied mich dafür, denn da wäre ich doch in wenigen Minuten wieder heraußen, bloß schnell ausgesucht, gezahlt, und ich wäre wieder bei den anderen. Und so wie ich es dachte, setzte ich den Gedanken in die Tat um, denn wenn ich lange hin und her überlegt hätte, wäre es wohl nicht mehr gegangen.

Ich ging in den Laden, und schon das Aussuchen gestaltete sich langwieriger als gedacht, und auch an der Kassa musste ich länger warten. Dennoch, sie würden schon noch da sein, blieb ich optimistisch, was sich wohl auch als Zweckoptimismus deuten ließ. Endlich verließ ich den Laden wieder, und die Fußgängerzone war nach wie vor voller Menschen, doch da war niemand mehr, den ich kannte. Kein einziges vertrautes Gesicht sah ich. Es war unumgänglich mir einzugestehen, ja, sie waren ohne mich weitergegangen.

Kurz ärgerte ich mich noch, dass ich nichts gesagt hatte, aber ich war mir einfach viel zu sicher gewesen, und da stand ich nun, mitten in einer Stadt, die ich nicht kannte, im wahrsten Sinne des Wortes planlos, da ich den Stadtplan im Zimmer liegen gelassen hatte, denn ich würde ja immer jemanden dabei haben, der einen Plan hat, in jedem Sinn des Wortes.

Mitten in Dublin war ich verloren gegangen. Doch mein Tief dauerte für die Dauer des Gedankens. Dann machte ich mich auf den Weg, mit nichts weiter ausgerüstet als einer Adresse, an der wir uns wiederfinden würden. Das genügte.

Nachdem ich einige andere Geschäfte unsicher gemacht hatte, schließlich wollten noch Mitbringsel eingekauft werden, fand ich eine Touristeninformation, die Stadtpläne ausgab. Ich hatte Zeit. Was sollte ich anfangen mit dieser Zeit?

Es hatte begonnen mit einem Buch, und damit setzte ich es fort. Zwei Ziele sprangen mir ins Auge, das Dublin Writers Museum und das James Joyce House. Mit einem Blick übersah ich, dass wohl beides bequem zu Fuß erreichbar sein müsste, und so machte ich mich auf den Weg, weitaus sicherer, da ich zumindest nicht mehr planlos war und auch ein Ziel vor Augen hatte. Und vor allem vertraute ich auf die sprichwörtliche irische Freundlichkeit.

Ich war zwar verloren gegangen, aber ich würde mich zurecht finden, und es würde sich jemand finden, den ich fragen könnte, wenn es darauf ankam. So schnell ließ ich mir die Schneid nicht abkaufen, so schnell nicht unterkriegen lassen.

Den Plan in der Hand verfolgte ich zielstrebig meinen Weg, und langte glücklich an der richtigen Adresse an. Und eigentlich war es das Dringendste, was man in einer Stadt tun konnte, die immerhin drei Literaturnobelpreisträger hervorgebracht hatte, ihnen Tribut zu zollen und Ehre erweisen.

Zumal ich nun verstand, nach allem, was ich bisher erlebt hatte, warum die Literatur hier eine so große Rolle spielte und spielt. Es ist ein Land, das zum Wort, zur Reflexion herausfordert, zu Elfen und Geistern, zu innigsten Liebeserklärungen und zu mystischen Wesen, zur Tiefe es Lebens, tief wie der Atlantik und weit wie das Land, eng wie die Häuserschluchten Dublins, doch durchzogen von Heterogenität in all ihren Möglichkeiten, in all ihrer Problematik, und ob doch ist es immer die Liebe zur Heimat, die führt, bis hin zu Dracula.

55. Eines kurzen Tages Reise in die irische Literatur

Ich betrat das Haus, in dem das Dublin Writers Museum untergebracht war, ein Haus aus dem 18. Jhdt., und ich spürte sofort, hier war es richtig. Eigentlich hätte es an keinen anderen Ort gepasst.

Manchmal geht es einem so, auch wenn man einen Ort noch niemals zuvor gesehen hat, dass man weiß, hier ist es einfach richtig, und nirgends sonst. An dieser Stelle erging es mir so. Im vorderen Bereich ist das Museum untergebracht und weiter hinten eine Bibliothek, und natürlich ein Shop, in dem man sich mit den entsprechenden Büchern eindecken konnte, von denen man kurz zuvor im Museum hören konnte, und das im wahrsten Sinne des Wortes.

Die zwei Ausstellungsräume waren vollgestellt mit diversen Exponaten. Dazu erhielt man, so man dies wünschte einen akustischen Führer, und so ersparte man sich - paradoxerweise gerade hier - das Lesen, weil einem alles erzählt wurde.

Am Anfang stehen die Wurzeln der irischen Literatur. Nicht umsonst steht das Book of Kells gleich zu Beginn, um dann weiterzuverlaufen zu Swift, Congreve, Goldsmith und Sheridan, in denen wir irische Literaten mit internationalen Status.

Thomas Moore und seine Nachfolger stellten Irland als Sujet in den Mittelpunkt ihrer literarischen Arbeiten. Dem gegenüber befeuerten Autoren wie Davis, Mangan und Ferguson ihre Leser mit der historischen Größe des Landes und den Hoffnungen für die Zukunft. Bram Stokers „Dracula" wiederum zeigte die irische Schöpferkraft und Imaginationsgabe von ihrer dunkelsten Seite, und die Arbeiten Oscar Wildes und Bernard Shaws mit ihrem Humor und Witz von deren brillantester Seite.

Der zweite Raum des Museums ist den Literaten des 20. Jahrhunderts vorbehalten, welche die Renaissance der irischen Literatur beweisen. Ausgehend von Yeats und Synge und der Gründung des Abbey Theatre geht es weiter zum sog. Easter Rising und ins Jahr 1922, dem Jahr der irischen Unabhängigkeit und gleichzeitig dem Erscheinungsjahr von James Joyce „Ulysseus". Eine Kopie dieses Werkes findet sich neben den Werken des Sean O'Casey and Oliver Gogarty.

Die Zensur vollzog ihre verhängnisvollen Auswirkungen, wie an den verschiedensten Autoren wie Sean O'Faolain, Frank O'Connor oder Kate O'Brian deutlich wird, die verbannt waren zu ihrer Zeit. Während der Kriegsjahre 1939-1945 und der darauf folgenden Nachkriegsjahre war die Literatur in Pubs und Zeitungsverlagen zentriert und ist mit Autoren wie Patrick Kavanagh, Brian O'Nolan und

Brendan Behan verknüpft. Samuel Beckett kommt nochmals ein besonderes Augenmerk zu.

Eine kleine Insel und vier Literaturnobelpreisträger. Egal ob die Auseinandersetzung mit der Heimat von Abgrenzung oder Zuneigung getragen ist, immer ist sie vorhanden. Die Herkunft lässt einen nicht los, durchdringt die Arbeit und gibt ihr das spezielle Gepräge. So wie die Freundlichkeit und Zugewandtheit der Iren nicht nur sprichwörtlich ist, so die Enge des Denkens über viele Jahrzehnte hinweg, bis in die Neuzeit heraus.

Ein Katholizismus, der sich in seiner Strenge und Rigidität erhalten hat und vieles aburteilt, was anderswo schon längst nicht mehr geahndet wurde. So konnte es passieren, dass Oskar Wilde aufgrund der Annahme im Gefängnis landete, er hätte homoerotische Anspielungen in seinen Romanen gemacht, woran er letztendlich auch zugrunde ging, und dennoch hat wohl dieses Land einen Oskar Wilde hervorgebracht, einen Literaten der Extraklasse.

Nur in Irland ist es möglich gewesen, hier, wo Elend und Größe, Heimatverbundenheit und Abscheu so eng nebeneinander liegen und immer neuen Ausdruck finden. Krankheit, Missbildung und Trunksucht, und das immer wieder beschworene Elend durch die Taubheit gegenüber denen, die sich anders verhalten oder den hehren Moralkodex nicht einhalten. Kritik ist eine Liebeserklärung, und die

Sehnsucht bleibt, die Verbundenheit und die Verwurzelung, ganz gleich in welchen Teil der Welt es einen Iren verschlägt.

Und ich setzte meinen Weg fort, mich noch tiefer einzulassen.

56. Joyce Irrfahrt des Leopold Bloom

Und meine nächste Station hieß James Joyce Haus. Dieses Gedenkhaus an einen der überragendsten irischen Schriftsteller des 20. Jahrhunderts, war nicht leicht zu finden , denn es lag in einer Wohnstraße, in der jedes Haus gleich aussah, aber ich schaffte es, ohne auf eine Odyssee gehen zu müssen, wie Odysseus, der Namensgeber für James Joyce „Ulysses".

Auch im Leben James Joyce regierten beengte Verhältnisse und Elend, und dennoch schienen immer Unmengen von Kindern geboren zu werden. Allein das Zimmer, in dem er arbeitete, das aber auch gleichzeitig Lebensraum für die gesamte Familie, seine Frau, ihn und zwei Kinder war, gaben einen Einblick auf die beengten Verhältnisse. Dieses findet man nachgebaut.

Viele Bilder zeigen Dublin zur Zeit James Joyce, und sind dennoch für einen Fremden wenig aussagekräftig. Vielleicht ist es für einen Dubliner interessant zu sehen wie die eine oder andere Stelle der Stadt vor rund hundert Jahren ausgesehen hatte, aber mir sagte es nicht viel, da ich auch nicht wusste wie sie jetzt aussah. Pflichtschuldig sah ich sie mir trotzdem an. Schließlich hatte ich einerseits Eintritt bezahlt, und andererseits hatte ich auch noch genügend Zeit. I ch wollte mehr wissen über James Joyce, was ihn antrieb, was ihn formte und was ihn begeisterte, doch es blieb so viel an Äußerlichkeiten. Doch es ist nicht leicht einen kreativen Prozess nachzuzeichnen, der doch immer im geheimen passiert. Es ist unstatthaft aus diesem wiederum auf den Autor zurückzuschließen, und dennoch, tun wir es, weil es keinen anderen Anhaltspunkt gibt.

Vielleicht bleibt der Zugang für immer verwehrt und der kreative Prozess an sich ein undurchdringlicher, unverständlicher.

987 Seiten umfasst der Roman „Ulysseus" in der deutschen Ausgabe von Suhrkamp aus dem Jahre 1996, 987 Seiten, auf denen nichts weiter als ein einziger Tag beschrieben wird, ein Tag aus dem Leben des Leopold Bloom, seines Zeichens Anzeigenakquisiteur bei einer Dubliner Tageszeitung.

Eine Irrfahrt durch die Stadt Dublin, wie Odysseus durch die ganze Welt. Die verschiedensten Charaktere trifft er auf seiner Reise, die nicht länger als diesen einen Tag dauert, Charaktere, die sich nicht nur durch Handlung und Gedanken, Herkunft und Werdegang voneinander unterscheiden, sondern auch durch ihren besonderen Sprachduktus, dem spezifischen Idiom, in dem sie sich sprachlich bewegen, und das sie entsprechend auch begrenzt. Eigenheiten der englischen Sprache, mehr noch der Regionalität und Sozialität.

Mittlerweile hat sich eine große Fangemeinde rund um den Roman entwickelt, die sich regelmäßig am 16. Juni in Dublin einfindet um den sog. „Bloomsday" zu feiern. Und doch behaupte ich nun, dass es für jemanden, der der englischen Sprache in dieser Tiefe nicht mächtig ist, der Roman für immer unzugänglich bleiben wird, da die Feinheiten und Eigenheiten nicht herausgelesen werden können. Daran scheitern wohl auch die meisten Projekte, die sich vornehmen diesen Roman in ein Hörbuch zu verarbeiten.

„Ulysseus" ist wohl ein Roman, an dem der Leser eines lernen kann, das Scheitern, am Idiom, am Tiefgang und an der psychologischen Führung, wobei gerade dieses Scheitern an einem Machwerk der Literatur ein Wachsen bedeutet. Nach und nach zu entdecken, und wer weiß, vielleicht besteht der Bezug zur Odyssee auch darin, dass man ebenso lange für das Verstehen braucht wie Odysseus für seine Rückkehr in die Heimat. Allemal eine Herausforderung und ein Buch, das einen lange begleiten wird, aber auch einen grandiosen Einblick in die menschliche Seele gewährt.

Anders als anderes. Eigenes als es selbst. Es ist die Kunst de Schreibens von Seiten des Autors, und die Kunst des Einlassens von Seiten des Lesers, das ein Buch zum Leben erweckt.

57. Ein Berliner in Dublin

Vollgepumpt mit Wissen über die irische Literatur, ging ich weiter, um den gemeinsamen Treffpunkt aufzusuchen. Endlich hatte ich meine Gruppe wiedergefunden, die ich mitten in Dublin verloren hatte. Es tat gut wieder angekommen zu sein, nicht mehr allein herumzustromern, in dieser Stadt, die mir völlig fremd war. Doch war sie dies wirklich? Manches haben alle Städte gemeinsam. Immer gibt es etwas, das uns als Menschen verbindet, und was dazu führt, dass man niemals in irgendeiner Stadt auf der Welt je alleine ist.

Was uns erwartete war eine Begegnung mit einem Berliner, der seit 30 Jahren in Dublin wohnte, seit dreißig Jahren Irland seine Heimat nannte und doch immer mit Deutschland verbunden blieb, da er als Korrespondenz für die taz arbeitete. Doch nicht nur als Kolumnist war er tätig, sondern auch als Autor. Der Blick auf ein Land als jemand, der dort nicht geboren wurde, der die Eigenheiten nicht mit der Muttermilch eingegeben bekam, die er damit auch als selbstverständlich sieht, eröffnet einen neuen Zugang.

Es bleibt eine Außenstellung, ganz gleich wie lange man sich dort aufhält. In unseren Breiten sagt man, er ist ein „Zuagraster", einer, der woanders domestiziert wurde. Vielleicht ist man damit auch unbelasteter, unvoreingenommener, wagt zu benennen, was sonst unbenannt bleibt. Sein Name ist Ralf Sotscheck, und wenn man ein Buch über Irland lesen will, so sollte man seines, mit dem Titel „Gebrauchsanweisung für Irland" unbedingt in die engere Wahl ziehen.

Dieser unbelastete Zugang zum Land spürte man auch in den Geschichten, und wohl auch teilweise Anekdoten, die wir erzählt bekamen. Nicht alles war heiter und beschwingt. Weit entfernt davon. Es kam das Gespräch auf die Wirtschaftskrise, diese Bankenkrise, in die Irland hineingezogen wurde und die beinahe zu einem Bankrott geführt hätte, hörten von irrwitzigen Spekulationsbauten, die in sich zusammenfielen, von Immobilienblasen, die unweigerlich platzten und von einem Förderdschungel der EU, die die Bauern in ihrer Knechtschaft hielten. Aber wir hörten auch von der immensen Kraft, die es möglich machte das Land, die Wirtschaft und die Finanzen wieder aus dieser Talsohle herauszuholen. Nicht durch einen Rettungsschirm, sondern aus eigener Kraft.

Wir hörten auch von den nach wie vor irrwitzigen Auswüchsen einer Moral, die die Gesetze über den Menschen stellt, vor allem im Bereich der Sexualmoral, die es in Kauf nimmt, dass ein junges Mädchen stirbt, weil Abtreibung böse ist, die solche Dinge immer noch ins Ausland abschiebt, um selbst behaupten zu können, dass das Böse auf einer Insel der Seligen nicht vorkommt. Keine Fähre würde es vom Festland mit hinüber nehmen.

Aber wir hörten auch Heiteres, Anekdoten vom Lande und dem Zusammentreffen mit der endemischen Bevölkerung, von interessanten insularen Bräuchen, wie Heiratsmärkten und dem Leid der Bauern und Viehbesitzer.

Insgesamt war es ein interessanter Einblick, eines, der sich zwar inzwischen in Dublin heimisch fühlt, aber dennoch eine gesunde Distanz bewahren konnte, die ihn manches klarer sehen lässt.

Mit dem Bus ging es zurück nach Bray. Ein letzter Abend, den wir im hauseigenen Pub verbrachten, ein letzter Abend überhaupt in einem irischen Pub, ein letzter Abend in Irland.

58. Von der Insel zur Insel zum Festland

Früh am Morgen ging es los. Es war noch finster, als wir uns, das Gepäck geschultert, beim Bus einfanden, um nun tatsächlich die Rückreise anzutreten. Der Bus brachte uns zur Fähre, die ironischer Weise den Namen „Ulysses" trug. Es sollte keine Irrfahrt werden, sondern nur eine Überfahrt von Dublin nach Sussex. Von dort ging es gleich weiter nach London. In London selbst, ausgestiegen aus dem Zug, liefen wir ein paar Straßen entlang bis zu einem anderen Bahnhof, an dem der Zug abfuhr, der unter dem Meer durch den Tunnel auf das Festland zielte.

Diesen Zug nahmen wir. Es war alles andere als aufregend. Das Aufregendste war eigentlich die Sicherheitskontrolle, die der am Flughafen nichts nachstand. Ansonsten war man eineinhalb Stunden in einer dunklen Röhre eingesperrt. Es war eher beklemmend als aufregend. Ich versuchte mir vorzustellen, dass über uns das Meer brandete, mit seinem ganzen Gewicht wohl auf diesen Tunnel drückte, doch ich konnte es mir beim besten Willen nicht vorstellen, konnte mir nicht vorstellen, dass der Tunnel das tatsächlich aushielt, doch er tat es.

Es war nicht mehr zu leugnen, dass es heimwärts ging. Ein klein wenig schlich sich Erschöpfung ein. Vielleicht auch Melancholie. Es ist so schwer zu unterscheiden, so lange es nicht beim Namen genannt wird. Es ist so schwer zu unterscheiden, so lange man sich darüber nicht selbst Rechenschaft ablegen will. Irgendetwas in mir weigerte sich das zu tun. Es war auch nicht notwendig. Wir fuhren ab und wir würden ankommen. Es tat nicht viel zur Sache. Dennoch blieb ich dem Pragmatismus bis zu einem gewissen Grad treu, und begann nun Adressen einzusammeln, denn das gibt einem doch ein klein wenig das Gefühl in Verbindung zu bleiben, zumindest das. Auch wenn wir wissen wie es läuft. Hier ist man verbunden, und an der Verbundenheit durch die gemeinsame Erfahrung selbst, ändert auch das Nach-Hause-Kommen nichts, nur, dass man dann wieder eingespannt ist in die Realität, die nicht mehr so viel Raum lässt.

Als der Zug wieder aus dem Tunnel herausfuhr, fühlte ich einfach nur Erleichterung, Erleichterung darüber, dass alles gut gegangen war und wir das Unterwasserabenteuer wohlbehalten überstanden hatten. Um unser Hotel zu erreichen mussten wir bloß über die Straße gehen. Wir waren wieder am Festland, in Kontinentaleuropa, genauerhin in Brüssel. Zeit die Zimmer zu beziehen. Es war spät und dunkel. Zeit noch ein Bier zu trinken, nichts weiter. Dann ins Bett. Die letzte Nacht sollte es sein, und es kam auch der nächste Morgen.
Ein letztes Mal überwand ich mich am nächsten Morgen, und stand früh auf, die Innenstadt von Brüssel zu entdecken. Als wir den Grand Place erreichten ging gerade die Sonne auf, aber selbst

dieser war letztlich eine Enttäuschung, da er vollgestellt war mit Zelten. Am Vorabend hatte ein Bierfest stattgefunden. Die Reste waren überall verstreut.

Langsam gingen wir zurück zum Hotel. Ob hier eine Sperrmüllsammlung stattfand?, dachte ich noch, als ich Möbel auf der Straße sah. Doch dann entdeckte ich, dass da eine Matratze lag, und auf dieser Matratze schliefen Menschen, zwei Erwachsene und zwei Kinder. Ausgespien aus der Stadt, in der es wohl auch genügend Wohlhabende gab, aber ebenso viel Elend. Delongiert, campierten sie auf der Straße. Die eine Seite von Brüssel, mit teurer Spitze und ebensolcher Schokolade, mit überbordenden Prunkbauten, und einem kleinen pissenden Männchen, das zum Wahrzeichen hochstilisiert wurde, und das doch nichts weiter war als eine Figur, bei der es kein Unglück wäre, hätte man sie übersehen. Daneben eine Familie mit Kindern, die nicht einmal ein Dach über dem Kopf hatten. Ich kann nicht sagen wie sie in diese Lage kamen, aber es war erschreckend und demütigend für unsere Wohlstandsgesellschaft. Ich sah hin und wieder weg. Ich fühlte mich so hilflos und ausgeliefert. Es half ihnen nicht, wenn ich hinsah.

Nachdenklich kam ich ins Hotel zurück. Danach folgte eine Zugfahrt, die mir unendlich lang erschien, von Brüssel über Frankfurt nach Wien. Am späten Abend stieg ich aus. Ich war wieder zu Hause.

59. Rückkehr

Es ist gut wieder zu Hause zu sein. Es dauert nur seine Zeit, bis man wirklich ankommt. Manchmal hatte ich den Eindruck, ich wäre noch immer dort, und hätte nur die Augen geschlossen. Sollte ich sie wieder öffnen, so wäre ich noch immer auf Dingle Island, doch ich war wieder da.

Es war so, auch wenn ich die Augen schloss. Und doch war ein Teil von mir damit beschäftigt die Eindrücke, die ich gesammelt hatte, zu verarbeiten. Es ist nicht leicht zurückzukehren. Auf jeden Fall kann man schon lange wieder körperlich an einem Ort sein, und doch hängt die Imagination hinten nach.

Ein wenig noch verweilen, dachte ich mir wohl. In ruhigen Minuten, so es diese gab, wanderten meine Gedanken sofort wieder fort. Ab und an ertappte ich mich auch dabei, dass ich Vergleiche aufstellte, doch das ist immer ungerecht. Abgesehen von den differierenden Begleitumständen, kann es keinen Vergleich geben, der nicht unzulänglich wäre. Es waren zwölf Tage, in denen ich wertvolle Eindrücke und Erfahrungen machte, unbelastet und frei. Und jetzt galt es wieder zurückzukommen, mein normales Leben wieder aufzunehmen.

Es war nicht schwer mich in diesem normalen Leben wieder einzufinden, denn die Anforderungen kennen keinen Aufschub. Sie stellen sich ungefragt. Sie sind einfach da, und es ist gut so, denn es bedeutet auch Kontinuität.

Darüber hinaus verhindert es, dass man sich in einer Erinnerung verliert. Es fordert, und das sofort. So viele Dinge, die liegengeblieben waren und aufgearbeitet werden mussten, so viele Dinge, die bei meiner Anwesenheit einfach meine Aufgabe sind, mussten wieder von mir übernommen werden. So viele Dinge, die das Zurückkehren zu einer Normalität werden lassen.

Man kann hinter eine Erfahrung nicht mehr zurück, und ich hatte diese Erfahrung gemacht, die mich veränderte, und ausstrahlte in mein Leben, die es bereicherte, mich bereicherte. Es blieb natürlich nicht verborgen. Ich fühlte mich weniger angespannt, weniger unter Druck gesetzt. Ich war mir im Klaren darüber, dass das nicht für immer anhalten würde, aber mittlerweile war es, und es war gut.

Sehr gerne vergisst man in solch einer Situation, dass man zwar selbst diese Erfahrung gemacht hatte, aber dass all die anderen, die die dageblieben waren, diese eben nicht gemacht hatten. Für sie war das Leben, mit allem was damit zusammenhängt, ganz normal weitergegangen, und so sehr es mich auch danach drängte zu erzählen, so sehr ich diesem Drang auch nachgab, es war eine Erfahrung, die als vermittelte, immer eine entfernte blieb. Was sind schon nackte Worte, gegen ein bekleidetes Erfahren? Es bleibt immer leblos. Die einzige Möglichkeit jemand wirklich an einer Erfahrung teilhaben zu lassen, ist ihn mit hinein zu nehmen, und selbst dann divergieren die Erfahrungen voneinander, da das eine meine Erfahrung ist und das andere Deine.

Dennoch, es war gut sie gemacht zu haben.
Dennoch, es war gut wieder da zu sein.

Nichts hatte sich verändert. Nur ich mich. Nichts war gleichgeblieben. Nur ich in mir und meinem Zugang zur Welt. Meine Ansprache, meine Offenheit, mit der ich Welt erlebe, die sind überall gleich und ermöglichen mir erst das Erfahren, das mich bereichert.

Vielleicht kehre ich nochmals an diesen Ort zurück. Vielleicht werde ich irgendwann das Haus aus meinem Traum wiedersehen oder noch mehr. Es ist alles offen. Noch ist nichts in Stein gemeißelt, und das wird auch so bleiben, bis zum letzten Tag, bis zu meinem letzten Atemzug, denn das Leben ist erst dann abgeschlossen, wenn wir für uns beschließen, dass da nichts mehr kommen kann, keine Überraschung und keine Neuerung.

Ich lebte mein Leben weiter, wie zuvor, aber als das Ich, das diese Erfahrung gemacht hatte. Das sah man mir nicht an der Nasenspitze an, aber die, die mich kannten, die erlebten mich anders. Auch das muss man zulassen, die Möglichkeit, dass Menschen sich verändern, und dass sie deshalb dennoch dieselben bleiben.

Es ist gut, dass ich diese Erfahrung gemacht habe.
Es ist gut, dass diese Erfahrung in mir lebt.
Es ist gut, dass ich wieder da bin.